王彦艳　马国兴　主编

风铃鸟系列美文读物

一面墙的记忆

文心出版社
·郑州·

图书在版编目(CIP)数据

一面墙的记忆 / 王彦艳，马国兴主编. — 郑州 ：文心出版社，2016. 5

ISBN 978 - 7 - 5510 - 0865 - 5

Ⅰ. ①一… Ⅱ. ①王… ②马… Ⅲ. ①小小说 - 小说集 - 中国 - 当代 Ⅳ. ①I247. 8

中国版本图书馆 CIP 数据核字(2016)第 055170 号

出版社:文心出版社

(地址:郑州市经五路 66 号　　　邮政编码:450002)

发行单位:全国新华书店

承印单位:北京龙跃印务有限公司

开本:700 毫米 ×960 毫米　　1 / 16

印张:12

字数:150 千字　　**印数**:1 - 5 000 册

版次:2016 年 5 月第 1 版　　**印次**:2016 年 5 月第 1 次印刷

书号:ISBN 978 - 7 - 5510 - 0865 - 5　　**定价**:22. 60 元

目录 Contents

许三多的1609

〇海　飞

许三多站在府衙的屋檐下。他一抬眼，看到的是万历年间漫无边际的雨水，在1609年的沛州上空飘洒。

许二站在天井里，手里握着一柄巨大的黑伞。许二说，老爷，走吧。许三多钻进了许二的雨伞底下，两个人一起在瞬间就被雨水吞没。知府衙门以外，许三多看到的是一片汪洋。这让他突然想起了十年前的洪水之中，逃荒路上的他带着年轻的许二，在路上遇到了一个前来沛州赴任的人。许三多和许二在抢夺他手中的食物时，失手将他杀了。他们看到那人手中的文书和印信后才知道，他们杀死的是一个前去赴任的官员。许三多和许二站在泥泞里，良久后许三多笑了，拿起文书轻轻拍打着许二的脸，对许二说，许二，我们要当官了，我们去沛州当官去。

许三多把这个知府当了十年，许二也就做了十年的跟班。许三多热爱上了当官，他把这官当得两袖清风，也把整个沛州治理得井井有条，百姓安居乐业。可是十年后的一场洪水让沛州灾情严重，尤以龙谷县为甚。但是龙谷县令范大进，把国库所拨的十万两救灾银，只用了两万两，余下的八万两全部收入自己的囊中。许三多将此事呈报朝廷，朝廷马上让许三多查实后将范大进收监。后天，前来监斩的刑部官员就要抵达沛州了。

这场漫长的雨水,让一名官员被白花花的银子拉向了鬼门关。许三多在前往监狱的路上,被雨淋湿了半边身子。路上,他看到不远的施粥棚里,排队的老弱饥民正在领粥。而那些青壮年,正在和官兵一起抗洪。看到一个排着队的三四岁小孩时,许三多的眼睛热了一热。许三多轻声说,杀,杀,该杀。

许三多在铁器的碰撞声中,看到监房的门打开了。范大进正在闭目养神。许三多听到了遥远的雨声,很长时间内他的脑中一片空白。他想起自己在无数个日子里,约范大进一起下棋。范大进不懂得献媚,一个子也不让许三多,所以许三多每次下棋都输。但是,许三多却一直喜欢着这个书法和文章俱佳的下属。许三多凄凄地笑了,说,范大进,后天我送你上路。你这盘棋,下得可真臭啊!

范大进什么话也没说,等许三多转身离去的时候,范大进突然哭了。范大进轻声说,许大人,我以前穷怕了。

一会儿,许三多和许二潮湿的身影出现在堤坝上。他们和百姓一起背沙包,抗击洪灾。第二天天亮时,天竟然放晴了,洪水水位有所下降。许三多离开堤坝的时候,听到了百姓欢呼的声音。许三多狠狠地闭了一下眼睛,他不愿被洪水淹没,但是他愿意被百姓的欢呼声淹没。

在府衙内,许三多洗了个澡,换了一身干净的衣裳,然后叫来了许二。

许二,你带着夫人和少爷离开沛州,钱和马车,都给你准备好了。从此以后,你一定要照顾好夫人和公子。

许二跪下说,大人这是为何?

许三多笑了,我不是大人了。我这官当到头了。现在,锦衣卫的铁三甲铁大人,正在赶往沛州的路上。

许二说,大人,那你和我们一起走。

许三多摇摇头说，不行，我一定要斩了范大进这个拿百姓的生命当儿戏的狗官。刑部的监斩官，明天就要到了。监斩官将和铁三甲同时到达。

许二的眼泪忽然流了下来说，我明白了，大人。你若走，就斩不了范大进。你若不走，就得被铁三甲带走。

许三多不再说话，他轻轻地挥了一下手，仿佛就挥去了十年的光阴和官场生涯。许二不再说什么，转过身的时候，他看到了府衙门口的马车。

菜市口刑场上，人山人海。监斩官和许三多坐在上手。刽子手捧着的刀子，像一片薄而锋利的阳光。这光线令许三多的眼睛痛了一下，他想起十年前，因洪水来临而逃难，在争抢食物的时候，失手将一名即将赴任的官员杀死，并且冒名顶替。那个遥远的场景，在袅袅升腾的雾气中若隐若现。

风起时，午时三刻已到。许三多把斩牌一丢，轻声说，斩！

大家看到一道血光闪过，血雾在阳光下形成了一道彩虹，范大进的人头落地。这时，许三多看到远处有几匹快马赶来，为首的是锦衣卫铁三甲。铁三甲一步步走向了许三多。许三多站起身来，说，铁大人，许三多等候多时。

铁三甲说，你为何不走？

许三多说，因为我一定要斩了范大进。他让很多人饿死。

铁三甲说，还有什么原因？

许三多说，我知道，出京城前，朝廷就下令给你，若不把许三多带回京城，你家就要满门抄斩。

铁三甲说，你怎么知道这么多？

许三多说，我虽为官十年，但曾经行走江湖，总有一些小能耐。铁大人，带我走吧。

几名锦衣卫冲上来，扣住了许三多。铁三甲对围观的人群抱了抱拳说，铁某要带走你们的父母官，许大人和十年前的一桩命案有关。

铁三甲上马的时候，鼻子酸了一下。他伸出手指，擦去右眼下的一滴眼泪。铁三甲是战场上的勇士，这一生，他只流过这一滴泪。

几名锦衣卫兵勇把戴着镣铐的许三多扔进了囚笼。许三多仰望着天空，看到天是蓝的，明净而且高远。许三多笑了，他看到蚂蚁一样的人群，在寂静之中全都跪了下来。那名监斩官，也在向他行礼。

许三多的眼泪滚滚而下，打湿了 1609 年沛州城洪灾过后还没有完全干燥的地面。

神　捕

○张晓林

圉镇人仝林，在雍丘县衙当捕快。他长着只猎犬般的鼻子，再玄乎的案子一到他手里，没有不很快破案的。人称神捕。

他缉捕罪犯的招式，也真够绝的了。

李义甫是雍丘有名的茶叶商，家里颇有积蓄。一日，有人发现他被杀死后丢在城南的白沙河里，衣服也叫人扒去了。

知县着仝林限期破案。

仝林却像没事人一般，坐在白沙河的一家茶社喝茶去了。到第三天中午，他看见一个舟子划着一叶小船荡过来，他眼睛蓦地一亮，对两个搭档说："凶手！快捉住他！"

拿住舟子，大堂一审，果然就是凶手。

搭档很惊奇，弄不明白里面的缘故，一再问他，仝林笑笑，说："这个舟子也真够胆大，竟敢穿死人的绸衫。舟子穿绸衫就够可疑的了，况绸衫上苍蝇群集，如果不是杀人后沾有血痕，哪里会有这么多的苍蝇！"

搭档啧啧。

某年。陈州府进献朝廷的贡品途经雍丘时被一飞贼所劫，押解贡品的三个差役尽皆被杀。劫后，飞贼销声匿迹，不再露头。

这是一桩无头案。

知县把这个案子又交给了仝林。

仝林费尽周折,终于在考城将飞贼擒获。

仝林大吃一惊,那飞贼娟娟白皙,纤腰盈握,竟是一绝色女子。

仝林押那女子回雍丘。

一路上,女子屡屡朝仝林抛媚眼,仝林假装没有看见。可他觉得身上有一团火在炙烤着他。

那女子见仝林像个木头人,就换了花招。

她一会儿喊:“我要小解!”一会儿她又软语哀求仝林:“我脚上打泡了,你背着我走吧!”就拿眼睛去剜仝林。

走有一半路程,天黑下来。

忽见前面有一间破庙,庙前有一眼井,轳辘上吊着一只木桶。来到破庙旁,那女子赖着再也不愿走了。

仝林无奈,二人只好夜宿破庙。

不久,一轮圆月升上来,月光皎洁,把这间小破庙都给溶化了。

月色里,那女子就像一朵雾里的花。

“热死人了!”女子娇喘,“把我的手打开!”

仝林打开了女子的木枷。为了防止她逃跑,便用铁索锁住了她的脚。

那女子开始脱衣衫,最后脱得只剩下一件贴身亵衣。一尊玉雕?两朵雪莲?仝林闭上了双眼。那团火快要把他焚烧掉了,他内心有一种要撕碎一切的欲望。

他冲出破庙,来到那眼井旁,绞上满满一桶水,提起来,“哗”,从头顶浇了下来。

那团火宛如被风一吹,暗了一下。

仝林不敢再进破庙。他在破庙门口来回踱着步,脚步声里似有两队人马在厮杀。

屋内,不断传出那女子的呓语和呻吟声。仝林觉得那团火又熊熊燃烧起来。

仝林又冲向了井边……

这天夜里,仝林彻夜未眠,先后绞上了十八桶水……

次日早晨,仝林疲倦地押那飞贼回雍丘。

将女飞贼打入大牢,仝林背转身,用袖子擦了一把额头上的汗水,暗叫:“好悬!”

哑　仆

○张晓林

圉镇沈公纪，做过一任县令，后来仿东晋陶渊明《归去来兮辞》，作了一篇《辞官归园赋》，脱去七品乌纱，不坐轿，不骑马，乘一匹四蹄翻雪小毛驴，带着一个仆人，回到了故里。

一年后，公纪就在圉镇南头，谢家池塘旁边，盖起了一处草堂——两间小茅草屋，房前栽几棵杨柳；左边雇人挖了一个大池子，种十来株芙蓉；又从别处运来几块奇形怪状的石头，竖在池子的中间——很简单。公纪给草堂起了个名字，很雅，叫暂住园。

公纪平日不常出门，闲了就在池子旁边吟诵诗词，公纪吟诵诗词好像都是从《诗三百》里抄下来的。他吟诵的声音很高——站在园子外面就能听得见。

有时读着读着，他还会突然喊上一声："老封，给池子注上些水！"

老封就是公纪辞官时带回的那个老仆。

的确是个老仆了，头上已经没有几根头发，牙齿似乎也缺了一两颗，他还有些罗锅，看人翻着眼睛，黑眼珠子就剩下了一半，像俩半个乌黑的药丸。人都这么老了，眼珠子还这么黑！真有说不出的诡异。

公纪辞官时什么都不带，带回这么一个老仆，也是一桩怪事！

其实，并不怪。

他把公纪的杂活全包了！买菜，买盐，买油，买醋，去谢家池塘里担水，全是他一人。担水，他用的是大木桶，铁箍箍着。年轻人见了这样的桶，也会吸上一口凉气，可老封担着这样的桶还能一路小跑。人们都觉得老封这个人不简单，有点古怪。时间长了，也有胆大的泼皮想和老封搭讪两句，老封却一概不搭腔。他和谁都不搭腔。

他是个哑巴。

哑巴老封在镇上从不招惹人，也不轻易看你，免得叫你害怕。恶作剧的小孩子倒不觉得老封可怕，只觉得他好玩。见老封从街上走过，他们就躲在暗处朝老封扔小坷垃和小砖头。有时还用弹弓子打。对象就是老封那黑不溜秋只几根杂毛的秃脑壳。“砰——叭！”秃脑壳上响了一下，看老封，没有一点反应，照旧袖着手在街上走，脑袋摆动一下的意思都没有！——那脑袋仿佛不是他的。

可有一回，老封却做了一件叫人吃惊的事。

那天，他去“聚味斋”订做月饼，走进门来，听见两个人正那里议论公纪。

一个说：“公纪好好的放着县令不做，一定是犯了事，来避风声的。”

另一个说：“你看他天天神神秘秘的，还有那个哑巴仆人，能像归隐的吗？”

二人忽然都不说话了，他们感到一股寒气逼向了他们。

他们一灰脸，就看到了那两个半乌黑的药丸，那寒气就是从那里渗出来的。

他们觉得大祸临头了。

果然，“嚓、嚓”两下，两人的下巴同时掉了下来，说不成话了。再看老封，还站在老地方，似乎没有动过身子。

人们不由“咦”了一声，大白天见了鬼魅一般，愈觉着老封这个人古怪了!

这一年。黄昏。公纪备了酒宴,把老封叫到了密室。亲自给老封斟酒,老封连干三大碗,喝得满脸悲壮。小半夜时分,一个古怪的身影就离开了暂住园,消逝在苍茫的夜色中。

三天后的黎明,整个镇子还沉睡在一片静寂之中,老封就踉踉跄跄地叩开了暂住园的柴门,他的一只胳臂下挟了两口乌木箱子,另一只胳臂有半个已经不见了,那玄色的夜衣上,还隐隐看到渗出的血迹。他脸色蜡黄,黑药丸般的眼睛也似乎淡了下去……

不久,有人就听到这样的一则传闻。

南京商丘应天府尹时飞鹏,为了讨好当权者收罗的大批奇珍古玩,在雍丘西十八里岗被"吃",来人武功高强,但还是吃了点亏。

隔两年,沈公纪东山再起,竟出任了大名府知府。——不知道是什么原因!走时,他把暂住园一把火烧掉了。他不准备再住了。啥也没带,仍只带着那个老仆,那个哑巴,上任去了。那哑巴仆人比来时少了半条胳臂,他就用那只完好的牵着那头小毛驴,沈公纪就坐在驴背上。

沈公纪在驴背上朝零星围看的人拱拱手,脸上闪着红光。

又过了几年,沈公纪升任户部尚书。同时升任尚书的还有应天府知府时飞鹏,二人同为官,见面拱手,拍肩,称兄道弟,很亲热。有一天,时飞鹏请公纪去家里喝酒,喝醉了,公纪说,改天飞鹏兄也去小弟家喝。时飞鹏听了,竟连连摇手,不去,不去,我说不上来为啥怕见你家的那个哑巴仆人,一见他我身上就直蹿凉气……再说,他那条胳膊……我总觉得有点蹊跷,总觉得像……

走出时府,公纪的官服早被冷汗浸透了。

又隔一段时间,哑巴仆人老封突然暴死,浑身乌黑,眼睛圆睁,黑药丸一样的眼珠子又上去了一半,他好像对什么事有点不相信的样子……

枷　锁

〇张晓林

李遵勖在金明池畔闲走，迎面碰见了晏殊和晁迥，便上前扯住二人，说："到舍下喝两杯去。"

晏殊和晁迥闻言，眼睛都放了光。笑笑，咽下一口口水。二人很高兴地想：又来口福了！

真宗时代，李遵勖也算是个人物了。他的父亲李继昌，爷爷李崇矩，都是北宋名将。他的老婆——这样称呼有点民间的味道了——是赵恒的九妹，太宗的九公主。嫁给李遵勖以后，就称李氏了。

李遵勖这个人很有意思，他喜欢结交一些名士。高僧、画家、诗人，等等，只要有名气，他都愿意结交。他还喜欢把这些人往家里领——设家宴招待他们。

李氏是个烹调高手。

宫内的菜不说——野史里载，她能做一百零八道名目不同的宫内菜——像州桥一带流行的梅家包子、魏婆婆蒸鹅等民间小吃，她也都能做得色味俱佳。

李遵勖的客人来了，李氏显得很高兴，她把厨子、乳娘、家仆都打发做别的活计，厨房里的这一套，她全包了。

她一趟一趟地往桌子上端菜，添茶，脸上红扑扑的，挂着一层细密的汗珠。

这些名士喝着，嚼着，看着忙忙活活的李氏，心里眼里都是满足。这可是金枝玉叶啊！

一些人喝醉了，开始吟诗。吟什么内容呢？凭李氏这么高贵的身份，来给咱们当厨师，端菜，添茶，这不就是很好的诗歌题材吗？这种崇高的妇德，是值得大歌特歌的呀！

磨墨。铺纸。挥毫。呼呼呼。一叠子宣纸写满了——都是讴歌李氏的。

最后，名士们东倒西歪地走了，剩下的只是满屋子的酒气。李氏吸了吸鼻子，微微皱了一下眉头。她看见了那叠子宣纸，眼里笑笑，这是干什么呀！我可不是图的几首颂歌，我是乐意这样做的啊！

李氏找来火镰，把这些诗歌全给烧掉了。第二天醒来，李遵勖满屋子去找昨夜名士们留下的墨迹。李氏说："你不用找了，我烧了。"李遵勖去看李氏，神情之间慢慢地就溢出了一些对往事的回忆。

早些时候，九公主刚嫁进李府时，上下引起过一场不小的骚动。照当时的规矩，李遵勖娶了九公主，他就要升一个辈分，和他父亲李继昌平辈了，而且还要叫李继昌叫弟弟。碰巧，嫁过去不到一个月，李继昌过生日，李氏却没有按规矩来，她还是以舅礼给李继昌做了寿。

每每想到这些，李遵勖心里都充满了感激。

李遵勖也是个很讲义气的人，他曾拜在杨亿的门下学过诗文，后来杨亿死了，他以学生的身份给杨亿服孝不说，每年还要到许州杨亿墓前去祭奠。这事给人们留下了很好的印象。

可是李遵勖也有个毛病，就是太爱喝酒了。

李遵勖又和那些名士去喝酒了。这一次，不知道在什么地方，他又喝醉了，醉得不成个样子。到了半夜，他醉醺醺地摸回李府，结果，就闯下了一件天大的祸事。

平常的日子,如果没人打搅,李遵勖都会在他的书房里读书——他读的书很杂。有时候,僧人楚园来拜访,他还会向楚园求教一些佛教上的问题。楚圆是大相国寺的高僧,在佛学上有很深的造诣。晚年,李遵勖撰写了一部《天圣广灯录》的书,后被汇入《五灯会元》,竟成了佛教经典。

一碰上那一班诗人名士,李遵勖就管不住自己了。那一班人喝起酒来,一套一套的,你想不喝都不行。

这回,正是因为喝酒,叫李遵勖闯下了弥天大祸,还差一点要了他的性命。

李遵勖回到李府,醉眼蒙眬地,不知怎么就迷迷糊糊摸到乳娘的房间里去了。他也没点灯,黑地里脱了衣裳,钻进了乳娘的被窝。他的一只手,像鱼一样,很不老实地在乳娘光滑的身子上游走起来。

乳娘正在做一个梦。

她梦见自己来到了一片瓜地,这片瓜地长满了各种形状的瓜。她走了很远的路,嘴里很渴,就摘了一根黄瓜吃。正吃着,看见从瓜地的茅草庵子里跑出来一个男人,一下子就把她搂紧了。

乳娘想喊,可她的身子软软的,喊不出来。

乳娘是被李遵勖肥硕的身子压醒的。一醒,她就喊出声来了。李遵勖被下人当贼堵在了乳娘的屋子里。

不久,赵恒不知道怎么听说了这件事,拍案大怒,叫人把李遵勖抓起来,丢进刑部大牢,准备过两天推出午门斩首。

天黑下来,赵恒还在生闷气。这狗东西真是吃了豹子胆,朕非杀他不可!李氏走进来,灯影里,李氏脸上挂满泪痕。

赵恒安慰她:“不要难过了,我给你出气!”

“你怎么给我出气?”

“砍了!砍了这狗东西!”

李氏坐下来。“如果这件事发生在别人家里,你也会这么处置吗?”李氏又问。

“那是他们的家务事,朕有很多国家大事还忙不过来呢,会操心别人家鸡毛蒜皮的家务事!况且大宋法上也没有这一项!”

“皇兄为什么单单要砍李遵勖的头呢?”

赵恒拉长了脸。“这还不简单,你是朕的皇妹,有人欺负你,我就要砍他的头,不然,皇家的面子往哪儿放!”

李氏又哭了起来,说:“妹妹想求皇兄一件事。”

“你说吧,皇兄答应你!”赵恒对九公主充满了同情。

“你把李遵勖放了,交给妹妹来处理,这也是我们的家务事啊!”

赵恒脸阴了半天,最后才说:“你不要后悔!”

李遵勖被从大牢里放出来,深感内疚,再也不找名士们喝酒了。到了晚年,他更是很少走出院门,只是用一些闲书来打发时光,显得有些郁郁寡欢。后来,李遵勖就死掉了。

李氏像民间妇女那样,一直为李遵勖穿满三个月的孝服。

守墓者

○曾　平

老田头冲着广阔的天穹，吼叫道：“老和尚，我日你妈！”没有人应答他，旷野无人，只有那个高高的黄土堆。

老了。说不定哪天，突然就躺在这干裂的黄土。老田头猛烈地咳嗽着，黄土似乎要被震出一些烟尘来。

老田头找过几个人。很久以前这儿是村庄。人被黄土逼得远远的。现在这里只有老田头一个人。他钻进黄土去找人。人不好找，都去了很远的城市。老田头没去过城市，只是听人说过。

那些人说，多少钱一个月？

老田头没听懂，当年，爹拉着他的手，把这守墓活交给他时，他二话没说就答应了。爹没说一个月要给他多少钱。他是这样，爹是这样，爹的爹是这样，祖上就这样传过来。

要钱干什么呢？墓前有大片大片的地，可以种庄稼种蔬菜，够吃一辈子了。老田头告诉他们。

那些人问，没有人给你钱？

谁给钱？从来没有谁给老田头钱。他不解地问。

没有钱的事情你干？那里面一定有很多金银财宝吧？那些人不约而同地问。眼里全闪射起金灿灿的光芒。

那里面只有人，死人。老田头告诉他们。老田头给他们说事。不管愿不愿意，老田头讲起来。

多少年不知道，反正很久很久。就在这片地方，三个大英雄，发生过一场大战。两个大英雄联合起来打一个大英雄。两个大英雄联合起来还没有占到便宜，后来，他们悄悄地把上面的河水用坝拦起来，等蓄满了很多很多的水，突然把坝弄开，大英雄哪里知道，水淹没了他的队伍。大英雄的队伍钻进了水底。

你亲眼看见的？那些人笑。

祖上一代一代传下来的。老田头说。

你家祖上是那个大英雄的部下？那些人问。

祖上一个种地人，哪里能给大英雄当部下？老田头说。

你家祖上怎知道？那些人问。

老和尚说的。老田头继续讲。大英雄的队伍像羊一样被宰割。大英雄有马，跑得快，还是被乱箭射中了。部下们掩护着大英雄东冲西杀。一位部下穿着大英雄的铠甲把追兵引开。大英雄被几位部下掩护到一片树林。他们放下大英雄准备给大英雄治伤。大英雄已经死了。部下们举起刀，和大英雄死在一起。一个老和尚躲在树林里，看得清清楚楚。老和尚把他们埋了，就是这一大堆高高的黄土。

队伍都没有了，还大英雄。那些人笑。

老和尚说的。老和尚说他是大英雄。老田头说。

老和尚是哪一个？那些人问。

老和尚就是老和尚，还是哪一个啊？

老和尚要死了，找到老田头的祖上。老田头的祖上得了怪病，死来准备埋黄土了，是老和尚把他从阎王那里拉回来的。老和尚请老田头的祖上替他看守这座墓。老田头的祖上什么没说就答应了，在墓的旁边，盖起房子，开了土地。

没有人愿意来接替老田头守墓。老田头说,我把房子给你!把地给你!

没有人要老田头的房子要他的地。那些人说,你这茅草屋值几个钱?谁还种地啊?

老田头很埋怨自己,要是当初有个婆娘,有婆娘就会有娃,有娃不用求别人,像当初,爹要死了,把自己叫到跟前,事情一说,敢不听?

老田头在一座学校前拦住了一个孩子。学校很破旧,土墙裂开很大的口子,像要把那些孩子吞咽进去。孩子的衣服很破旧个子很矮小,像被风刮掉了一层人影子。老田头特意买了糖。他请孩子吃糖。糖孩子很喜欢。老田头给孩子讲大英雄,讲老和尚。老田头请孩子替他守墓。

孩子摇着头,说,不!不!爷爷,我要读书,长大了,我要去城市,挣很多很多的钱!

孩子背着书包,风似的,跑了。

老田头只好回去,守着他那座守了很多年的墓。守着,守着,老田头就会突然冲着广阔的天穹,吼叫道:“老和尚,我日你妈!”

祖上老田头断不敢骂,要不然,也会吼上几声。

解　药

○凌鼎年

必须拿到解药，必须！否则，帮主必死无疑。帮内几位长老根据帮主遍体麻木、血脉逆行、不能动弹、不能说话的征兆，一致认为帮主中的必是四川唐家堡的唐门之毒，但具体中的什么毒，就不得而知了。连什么毒都不清楚，如何解毒？难道眼睁睁地看着帮主就这样无药可救而死去？帮里上上下下，所有的弟子都又急又气又火，可就是都没有办法。

怎么办？时间刻不容缓，多拖一分钟，帮主的生命就多一分危险。

雪奴作为帮主的义女，急火攻心，嗓子也哑了。她意识到不管是买是换，是抢是偷，必须在天黑前拿到解药，虽然她已为帮主封住了穴道，但假如不及时拿到解药，帮主可能撑不过二十四个时辰。

正在大家急得六神无主的当口，帮里的老法师回来了。老法师见多识广，他给帮主把了脉，细看了帮主皮肤的颜色，沉思半晌后说："帮主中的可能是'五毒神砂'，这乃唐门的一种毒药。"他指着帮主手臂上的一个个红色的小点点说："这极可能就是'五毒神砂'的砂粒所打的。"

雪奴想起来了，她曾经听帮主说起过，"五毒神砂"，就是把铁砂以五毒炼过，三年方可炼成，奇毒无比，一旦打在人身上，若体肤有伤口，将终身脓血不止，无药可医。

此时的雪奴反倒心定了几分，因为她知道帮主中的这毒，一时三刻还要不了他的命，这至少为弄到解药提供了可能。

在老法师的主持下，召开了帮里高层的紧急会议。

老法师要求雪奴把帮主中毒的前前后后说一遍。因为老法师认为镇洋帮与唐门素来并无瓜葛，更无仇怨，唐门平白无故为什么要向帮主下毒呢？

雪奴记得真真切切，昨晚，她与帮主骑马赶回帮里时，在山脚下，见两个蒙面大汉正在追杀一位中年人，那中年人精精瘦瘦，文文静静，一看就是位读书人，绝不可能是奸佞之人，而追杀他的竟都蒙着面，显然见不得人，十有八九不是好人。

路见不平拔刀相助，帮主连想都没有想，策马上前，拦住了那两个蒙面人，厉声喝问："朗朗乾坤，为何蒙面杀人？"

其中一蒙面人冷笑一声说："竟敢挡道，坏大爷的事，活腻味了？"

"说出杀人理由，否则休想逞凶！"帮主义正词严。

"别与他废话嚼舌根，一并废了他。"蒙面人抽出腰间的三节棍就挥向了帮主。帮主一侧身一扬手，抓住了那三节棍，用力一拉，那蒙面人就踉踉跄跄，差点跌倒。蒙面人不甘心，就势一滚，在贴近地面的高度用三节棍狠狠地打了一下马腿，帮主没提防蒙面人有这一手，那马挨了这一棍子后，本能地跃起前蹄，几乎把帮主掀倒在地，帮主一个鹞子翻身，稳稳地落到了地上，指着蒙面人说："好小子，耍阴的。有本事真刀真枪，单打独斗，来，别软蛋。"

那蒙面人二话没说，又挥起三节棍，向帮主的脑门劈来。帮主一个"仙人躲影"避开，再一个"移步换影"，绕到了蒙面人的左侧，真想一把抓住蒙面人，不料另一个始终未动手的蒙面人突然朝帮主一扬手，帮主不由自主地发出"啊"的一声。雪奴意识到不好，连忙抽出腰间的软鞭,准备与蒙面人格斗一番。

这时,帮主一个“旱地拔葱”,跃上了马背,朝雪奴说:“莫恋战,快走!”

雪奴的软鞭在空中发出了两声脆响,她一面断后,一面护着帮主撤离。

帮主真是临危不乱,他的马在经过中年人时,伸手一把将那中年人拉上了马背。跑出三五里地后,已有了人家,这时,帮主已渐渐体力不支,他突然从马背上摔了下来。

雪奴扶起帮主时,帮主已嘴唇发紫,面色发青,但他还是拼尽气力对中年人说:“你快走! 不要管我!”

中年人说:“恩人,你中毒了! 莫非大侠是镇洋帮的?”

雪奴点点头,算是默认。

雪奴见帮主已不能再骑马了,就去雇了一辆马车,准备把帮主送回帮里。

雪奴见帮主嘴一张一动的,知道他有话要说,就把耳朵凑过去,但听得帮主断断续续地吐出:“把马给、给他,让、让他快、快走。”

中年人朝帮主磕了个头,说了句:“后会有期。”就翻身上马走了。

等雪奴把帮主带回帮里,帮主已话都不能说了。

老法师分析,这两个蒙面人绝非善类,帮主与中年人非亲非故,却能以命相帮,看来这中年人与镇洋帮有缘,帮主不会看走眼的。

老法师发出紧急帮令:凡本帮弟子,立马寻找与唐门有关系的一切人,一旦找到解药线索,立即汇报,不管用重金,用关系,用武力,都要救回帮主的命。

第三天就有反馈消息传来:解药有,但必须雪奴以身相许,只能雪奴一个人去取,不准带任何人同去,而且必须今晚天黑后去郊外的三里庙取。

老法师认为这消息来得太蹊跷，很可能其中有诈。

但雪奴说："不入虎穴焉得虎子，就算有诈，也要去试试。如果真能救帮主，牺牲我雪奴又算得了什么。"

天渐渐擦黑了，雪奴换上夜行衣，腰缠软鞭，准备出门。

正在这时，有手下来报，有位中年人牵了帮主的枣红马，说要见帮主。

雪奴迎出门去，果然是那天救的中年人。

中年人拿出一个青花小瓷瓶，语带感恩地说："希望我没有来迟，请赶快给帮主服下，这是西洋解药。"

帮主服下解药后，竟真的慢慢苏醒了过来。

老法师与雪奴执意要款待中年人，中年人说："我还有重要的使命需要完成，恕我不能逗留。"

老法师希望中年人留下姓名。

中年人说："不必了，我不想给你们留下麻烦。"

雪奴从后门送中年人出去时，忍不住问："你到底是干什么的？为什么有人追杀你？"

中年人想了想，终于说出三个字："同盟会。"

绑　架

○凌鼎年

谷雨将至，天气真好，油菜金黄金黄，麦苗碧绿碧绿，桃花灿灿，樱花灼灼，连空气中都弥漫着春天的气息。

四岁的可儿换上了春装，吵着要去野外玩玩，要去抓小蝌蚪。

可儿是娄城德义门掌门丁天地唯一的儿子，自然宠爱有加，宝贝万分。丁天地关照手下，好好带可儿去玩一趟，并再三关照千万千万注意安全，早去早回。

其实这不用关照，手下对可儿也宝贝着呢。

中午时分，一枚飞镖打在丁府大门上。手下把飞镖急急送呈丁天地。丁天地一看飞镖上附着的信，立时脸色骤变。你道什么，竟然是绑匪的信件——可儿被绑架了！

晴天霹雳，飞来横祸啊。

要知道，丁天地先后生了五个女儿，江湖上称之为“五朵金花”，直到耳顺之后才老来得子生下了可儿，现在竟然有人绑架了可儿，这岂不是要了他的命。

绑架，通常都是为了钱财。说实在，只要绑匪开出价码，丁天地就算倾家荡产也会满足绑匪的，只要他们不伤害可儿，只要可儿平平安安回来。

但奇怪的是绑匪并没有提赎金之事，而是提出了一个古怪的条件，要丁天地当晚子时独个儿去山脚下的树林，一切面谈。

这是怎么回事啊？难道绑匪不是为钱？丁天地百思不得其解。

为了可儿，丁天地决定单独前往。

丁天地的武功在江湖上数一数二，特别是他祖传的天地阴阳掌，遇石劈石，遇木斩木，几乎无坚不摧，就算铁布衫、金钟罩也很难挡得住丁天地的双掌合一，连续击之，三五十人休想与之抗衡。

丁天地穿戴齐整后，一个人疾步来到了山脚下的树林。

丁天地朗声说道："天地门掌门丁天地到也，请相约的好汉现身。"

这时，从一棵大树上跳下一个黑衣人，说了声："丁掌门请跟我来。"

丁天地跟着这黑衣人七转八转，来到一马车前，黑衣人说："赶快拜见东厂指挥使穆大人。"

马车里那位穆大人朝丁天地拱拱手，说："丁掌门，幸会幸会。丁掌门在江湖的威名，本指挥使如雷贯耳，今夜秘密见之，有个不情之请，希望丁掌门认清形势，与东厂合作，为厂公效力。"

至此，丁天地才意识到可儿原来被东厂的绑架了，只觉得脊背阵阵发凉。因为他知道东厂是个无恶不作的机构，可以说是杀人不眨眼，谁被东厂惦上了，那肯定倒了八辈了血霉。

"请不要伤害我的可儿。"

"放心，本指挥使也非常喜欢可儿，他现在安全着呢。当然，可儿以后是否依然安全，主动权在丁掌门自己手里，得看丁掌门的合作诚意。"

"要我做什么？请明说。"

"好，丁掌门真是开门见山，快人快语，我喜欢这性格。为了朝廷,为了你儿子,希望你接受本指挥使的指挥,秘密除掉与东厂作对的朝中权贵与江湖人士。”

“你们东厂大权在握,势力庞大,为什么要我出手?”

“这是该你问的吗? 你只要答:干还是不干?”

“我有选择吗?”

“对,识时务者为俊杰。呶,这是名单,去执行吧,一个月为限。只要完成。可儿不会少半根汗毛。”

东厂指挥使穆大人把一张布条扔给丁天地,马车转眼间就没了踪影。

丁天地回到家,在烛光下一看名单,不禁胆战心惊,乖乖,五位大臣,都是口碑极佳的朝廷重臣,如武英殿大学士郝少经、兵部右侍郎林无畏、吏部左侍郎茅三近、五城兵马指挥司郎云端、顺天府府丞梅祯祥,还有五位江湖人士也都赫赫有名,如山派掌门凌大统、飞天教教主童琵琶、顺达镖房老板雷又霆、南园诗社社长祝长风、江南大侠石中流。

东厂真是丧心病狂啊,竟要杀这些朝廷栋梁,民间志士,这怎么可以,怎么可以啊。但如果不执行,可儿的小命就休了,如何是好,如何是好? 丁天地觉得天地间的路一下子全被堵住了,他快要疯了。

不行,我如果暗杀了名单上的这些人,我丁天地岂不成了千古罪人,我还有什么脸面立足于江湖,立足于天地之间? 就算可儿救了出来,万一哪天他知道了他老爹竟是东厂的走狗、鹰犬,为虎作伥、助纣为虐,这不是让他比死还难受吗?

东方泛出鱼肚白,一夜没睡的丁天地作出了一个无可奈何的决定:解散德义门。他知道,一旦自己不与东厂合作,东厂肯定不会放过可儿,就连德义门的上上下下也不会放过,为了不连累大家,丁天地准备遣散手下,各自逃命去吧。

德义门弟子谁也不肯走，都愿与师傅共生死。不行，死是最容易的，得保存德义门的种子啊，留得青山在，不愁没柴烧。

到底是德义门大师兄浦三强脑子活，他建议干脆告御状，揭露东厂的罪恶，说不定有转机，能死里逃生也不是没有可能，即便告不倒东厂，也要拼一拼，至少借此机会让朝廷、让老百姓知道东厂的阴谋，或许，事情闹大了，东厂投鼠忌器，反倒不敢随便暗杀这名单上的五位大臣与五位侠士，如果这五位大臣与五位侠士能出于公道，仗义执言，可儿生还或许有几分可能。受此鼓舞，德义门上上下下都动了起来，把名单抄了上千份，准备配合丁掌门告御状时张贴、散发。

浦三强打听到九九重阳这天，皇上要到太庙祭祀，这是告御状最好的机会。

丁天地告诫大家：告御状闹不好当场就被格杀毋论了，希望众弟子不要轻举妄动，由他一个人独闯独行。

丁天地做了一件白色的衣服，胸前胸后都写上了血红色的“告御状”三个字。他披了一件外套，只要皇上的轿子一到，他一脱外衣，凭丁天地的功夫，来到皇上轿前应该不成问题。有了“告御状”三个字，已表明自己不是来刺杀皇上的，免得御林军错杀了他。至于皇上如何发落，一切看天意了。

丁天地与德义门的所有弟子都把宝押在了明天的告御状上。

天，渐渐亮了，而一切的一切都是未知数……

墨不白

○吴卫华

沧州的墨不白，出身于武术世家。江湖中被传得神乎其神的缩骨术，是墨家的绝密武学，把缩骨术练到随心所欲登峰造极境界的，普天之下只有墨不白一人。缩骨术的特点就是“分筋错骨，骨头重排”，也就是说骨头是可以在皮肉里拆开移动使人体变形，或拉成条或缩为团，这奇技绝学，听听就让人骇异。

1943 年，抗日队伍获悉侵华日军少将田中信太郎的手里有份绝密的作战计划，遂想谋取内容。一天，嗜好文物的田中信太郎的住处里，有人送来一只半人高的明代汝窑青花大瓷瓶。此瓶颈细腹大，纹饰精美，实在是明瓷中的珍品。奇怪的是瓷瓶颇有分量，里面几乎盛满了芳香馥郁的干花瓣。送瓶人奉承田中信太郎，说：“太君促进东亚共荣，劳苦功高，鄙人献一花瓶聊表心意。瓶中干花瓣，乃特制香料，不腐不烂香味久远，置于室内可静心醒目通泰七窍。”

田中信太郎大喜过望，命人将花瓶摆放在他的房间里。不料第二天，花瓶的瓶口莫名其妙地碎了一块下来，田中信太郎很心疼。送瓶人闻讯找上门来，说他认识一个修复古瓷的高手，只要把瓷瓶送去，保准修复得毫无瑕疵。田中信太郎就让人将瓷瓶送了过来。

等一切闲杂人员退出，送瓶人抗日特工唐一渡关门闭户，拍着瓷瓶说:“出来吧。”只听瓶内说:“你也避一避吧,这缩骨术没什么好看的。”唐一渡只得走了出去。过了一会儿,听屋内人说:“进来吧。”开门进去,一个楚楚动人的女子已经坐在屋内椅子上,手里拿着那份关乎千万人性命的作战计划,显得神色疲倦,像是耗了极大的体力,她就是墨不白。唐一渡惊喜地问墨不白是怎样拿到作战计划的,墨不白轻描淡写地说:“趁那个日本人出去后,我从瓶中出来,找到钥匙取出文件,然后依计划把花瓶弄掉一块,再钻进瓶内躲在花瓣下,等你把花瓶弄回来。”唐一渡关心地问墨不白:“你不舒服吗?”墨不白笑笑:“也没什么,在里面待的时间长了,觉得憋闷难受,现在好了。你先把作战计划交给你的上级,回来时再弄点吃的,我可饿坏了。”

唐一渡出去后很快回来,并且弄了一桌吃的东西,还有两瓶酒。他给墨不白满满倒上一大杯,说:“你立了奇功,这是庆功酒,我代表抗日队伍敬你一杯。”墨不白摇头:“我向来不喝酒。”唐一渡高兴过了头儿,强劝说:“平日可以不喝,今日不能不喝。”说着将酒杯送到墨不白的唇边,墨不白才要推开,但看到唐一渡火热明亮的眼神,不由接过那满满的一杯酒,喝了个点滴不剩。唐一渡又倒了一杯,墨不白坚拒:“再喝就没命了,酒是我们练缩骨术的大忌。”唐一渡遂罢。

那份作战计划被复印后,又送到了唐一渡手里,上级指示要尽快想办法把它放回原处,不要打草惊蛇致使敌人改变行动。

唐一渡把这个临时决定告诉墨不白时,墨不白还在酒精的微醺之中,沉默了一会儿,勉强答应,黯然拿出一小瓶药粉递给唐一渡:“收好它,若有意外,你一定按我的要求去做。”

花瓶修复好后给田中信太郎送了去,田中信太郎看了很满意。奇怪的是花瓶仅隔了一夜又碎下一块来,田中信太郎沮丧地再次把花瓶交给唐一渡修复。

唐一渡高兴地拍着花瓶说:“大功臣,请出来吧,我能在这儿看看你那神奇的缩骨术吗?”瓶中墨不白虚弱地说:“真没什么好看的,变形既丑陋又恐怖,我宁愿你看我裸体,也不愿意你看我这缩骨术。”唐一渡只好说:“那我出去了。”由于听出墨不白的虚弱,唐一渡实在不放心,走到门边就悄悄地站住了。听得瓶内有声,也看见花瓣给顶涌出来,几乎以为墨不白眨眼就出来了,可那些花瓣又落回了瓶内,墨不白好像在瓶内苦苦挣扎,却无法挣脱出来。唐一渡看出了情况不妙,丢开墨不白的忌讳,奔到瓶边焦急地问:“你怎么了?”瓶中虚闷地说:“我感觉情况不好。”唐一渡惶恐无策:“我把这瓶砸开!”瓶中人已经精疲力竭了:“砸开我也恢复不了原形,你愿意看见一摊丑陋的肉泥?那比要我死还难受!”唐一渡五内如焚:“你要我怎么帮你啊?”瓶中发出的声音细若游丝:“别紧张,让我休息一下。”唐一渡不敢出声,过了许久,瓶中说:“我给你的那瓶药粉还有吗?”唐一渡急忙从怀中拿出小瓶说:“有,有。”瓶中又不说话了。唐一渡惶急地问:“它能帮你出来吗?”又过了一会儿,瓶中叹气般说:“它能帮我在你心里保持一个完美的形象。你先清去花瓣,再把药粉全撒进来,然后你出去一个时辰,中间千万不要进来。”唐一渡清出花瓣,就看见瓶内有团肉块,不忍多看,慌慌张张撒下药粉就出去了。

一个时辰过去,唐一渡急不可耐地进来,屋内不见墨不白,急看瓶内,只有多半瓶汤汁样的脓水。唐一渡遭雷击一样跌坐在地上,他想起了江湖上至毒的化尸粉,莫非他撒进去的就是化尸粉?

两天后,日军大规模的行动遭到了抗日队伍毁灭性的打击。

若干年后,唐一渡从一个见多识广的武林老前辈那儿知道,练缩骨术的人最忌讳喝酒,怕酒麻痹神经不能自由伸缩,就算缩骨术练到超凡入化的境界,也怕酒后三番五次缩身出入瓶中,终会无法复原而困囿瓶内。所以练缩骨术的人,往往随身带着一小瓶化尸粉,等什么时候失手成为一摊肉泥无望复原时,就只有求诸于化尸粉消匿形迹了。

向来喜欢纵酒豪饮的唐一渡，遂终身戒酒，至死点滴不沾。

乞帅

○吴卫华

天宝十四年十一月，手握重兵的三镇节度使安禄山反自范阳，率精兵十五万攻城略地杀向长安。由于中原已多年没有战事，内地府兵制懈坏兵力空虚，致使很多郡县无兵可用，毫无应变准备，地方官吏闻叛军将至，或弃城而逃，或开门出迎，叛军没有遭遇什么抵抗就占领了许多地方。

大唐粮财基地江淮的门户睢阳，在张巡的固守下，像枚钉子一样死死地钉在叛军南下的要道上，硬生生地粘住十三万叛军。

睢阳早已城门死闭兵不出战两个月了，大唐的旗帜在城头上悲壮待援地呼救着，谯郡大帅许叔冀，临淮的河南节度使贺兰进明，虽在睢阳近旁，却漠不相救。张子奇的叛军早已习惯了睢阳城的死守，就像一个想吃烫山芋的人，在耐心地等那个灼手的山芋凉下来，他们想不到城内依然会有五十多精骑突然冲杀出来。为首的南霁云神弓怒张，每发一箭必贯穿敌军两三人，敌军数万人围截那五十多人，却被南霁云的神箭硬生生射开一条通道，直奔离睢阳最近的临淮求救去了。

河南节度使贺兰进明看完张巡言词恳切的求救信后，再看看血满战袍的南霁云，有些奇怪睢阳一座孤城凭什么在十三万叛军的围攻下能固守不破。张巡自雍丘一战成名后，大受新皇帝肃宗的褒奖，官职连提,都提河南节度副使了,如果守城再成功,岂不越过他贺兰进明了?

贺兰进明那张向来喜怒不形于色的脸上,勉强挤出些同情的样子:“南将军一路辛苦了,恐怕这时睢阳已经被叛军攻破了,我纵然发兵借粮,也于事无济了。”南霁云看他无意相救,不由悲愤难忍,流下泪来:“睢阳死守待救,望眼欲穿,如果霁云空劳大人发兵,我愿一死向大人谢罪!”贺兰进明不为所动:“我职守临淮,怎敢虚城而出。”南霁云越发悲愤:“睢阳和临淮如皮毛相依,睢阳要是被灭了,叛军必然转攻临淮,大人怎能不救?”说完放声大哭,声震屋瓦。贺兰进明并不关心睢阳的安危,他甚至期望张巡被叛军砍下人头,但他喜欢上了南霁云的赤忠神勇,想留为己用:“南将军勇武过人,我深为敬佩,请先用饭,再做他议。”

贺兰进明不仅盛宴款待南霁云,还让他的将领和幕僚作陪。众人入席,贺兰进明向强忍悲愤的南霁云笑说:“我这儿有一个长安的乐伎,弹得一手好琵琶,待我唤出给南将军弹奏助酒兴。”

当贺兰进明口中的那个长安乐伎怀抱琵琶走进来时,南霁云根本没抬头,他瞠视着满桌菜肴,胃里却在一阵阵地痉挛。清脆铿锵的琵琶音传进了南霁云的耳里,他心里一震,抬头看那乐伎,那乐伎兀自低着头专注于弹奏琵琶。琵琶声时清冷欲绝,如伊人渐行渐远,又似黑云越聚越多,忽转激烈繁急,弦弦作金戈撞击声布帛撕裂声,让人听了血脉贲张又悲怆郁愤。那乐伎弹奏的竟是《霸王卸甲》。

贺兰进明给南霁云夹菜:“南将军很久没有吃上饱饭了吧,请开怀尽量。”一句话说惨了南霁云,他黑血上涌,悲极大哭:“我来时睢阳城里已经一个多月没见一粒米了,城内百姓易子而食,今天我就是想吃这丰盛的美餐,又怎么能咽得下去啊! 你坐拥强兵粮米丰盈,却没有一丝一毫分灾救难的怜悯心,这是忠臣义士的行为吗?!”说着将一根手指放进口里，怒目发狠睚眦裂血，齐根把那手指咬下，放到贺兰进明面前，说："我不能为睢阳求得一兵一卒，留此断指作为我曾到你这儿求援不得的血证吧，我这就回去和守城的将士一同赴死。"一时指血、泪血如泉涌出。贺兰进明的将领和幕僚，都被南霁云的忠烈感动得流下眼泪，但没有一人挺身出援。

这时，一声尖锐刺耳的拨划，乐伎怀中的琵琶丝弦齐断，断弦披拂垂颤，犹有弦音。贺兰进明看着面前血淋淋的断指，骇得变了脸色，强笑说："南将军何苦如此，睢阳必破，你回去又有什么益处，不过白白送死，不如留在临淮，仍能为朝廷出力。"南霁云指着贺兰进明怒极反笑："你也食唐家俸禄，却见死不救，与贼子何界！"贺兰进明愠怒地沉下脸子："我职守临淮，不敢妄分一兵一卒与外人。"

突然，"咣啷"一声大响，把众人吓了一跳，循声看去，却是乐伎把怀中琵琶掼在地上，她挺立当地，用手一一指了贺兰进明和那些将领、幕僚怒说："你，你，还有你，全无一个是男儿！"贺兰进明想不到连个下贱的乐伎也敢指责他，大是羞恼："放肆，这儿哪有你说话的份儿。"乐伎连连冷笑："贺兰大人，你们怕死，我倒愿随南将军去睢阳杀敌。"贺兰进明的肺都要气炸了："好好，你去杀敌，让那些夷蛮胡种把你剁成泥去吧。"

临淮的城门冷冷地洞开着，南霁云和乐伎并驰在青森森的石板道上，将出城门时，经过一座寺庙的大佛塔，南霁云在马上抽箭回射，那箭嗡然劲鸣，直没入佛塔砖中一半，南霁云戾然长笑："破贼后必灭贺兰，留此箭以作标志！"

睢阳城外的叛军营盘，一个挨一个密密麻麻，内外宽足有数里，其中壕横栅立，牢牢地将睢阳围成一座死城。南霁云手提一丈长的特号大陌刀，遥指了前面的敌营跟乐伎说："能杀得进去，可能再没有机会出来，你现在后悔还来得及。"乐伎心凉如水地看一眼绵绵不绝的敌营，笑容惨淡地说："耻于偷生，愿随将军赴死。"南霁云纵声笑赞："又一真英雄！"说完持刀跃马杀入敌营，乐伎舞着双剑紧跟在后。

敌军在张子奇的指挥下潮水样涌来，几要淹没南霁云两人。南霁云奋起神力，长刀过处人头纷落残肢乱飞，他又暴喝如雷声震敌胆，无人能阻他去路，敌军眼睁睁看他翼护着乐伎直驰睢阳城下。

张子奇气急败坏地命令弩箭手："放箭，不许一个活人进城！"箭若蝗至，铺天盖地地飞向南霁云和乐伎。乐伎本来和南霁云并马同驰，眼看万矢齐发，两人正在射程内，乐伎纵身飞落到南霁云马背上，自后紧紧抱住南霁云的腰，急急促令："千万别回看，快快进城！"南霁云狂策战马，跑到护城河边，等不及城上放下吊桥，双腿一夹马腹，那马极是神骏，竟从又宽又深的护城河上一跃而过。守城的兵士急急打开城门，南霁云走马入城。

守城的兵士刚刚闭上城门，那匹跟随南霁云多次立下战功的骏骑，还没走出城门洞就倒地暴毙了，马屁股上箭矢如簇，乐伎的后背上更是箭矢密布，整个人都被射成一个大刺猬了，犹自死死抱着南霁云。

桃花瘴

○吴卫华

广西多大山长谷，山上谷中荆棘遍布，谷中最著名的是桃花谷，绵延几十里的巨大山谷里，生长着不计其数的桃树。桃子成熟时因为没人采摘，落下的厚厚一层桃子，腐烂熏人，又有动物尸骨，以致年复一年，土质异常肥沃，谷中的桃树疯长得都变异了。若逢桃花开时，更是一谷绚丽的云霞，远远看去，恍若仙境。

1944 年，日军南方军第二十一师一部，从越南突入中国，进攻广西，防守广西的一支桂军，狼狈退逃深山中，日军尾追不舍，两支队伍在密林中捉着迷藏，时有厮杀。英夫带领的小分队迷路了，更要命的是他的右腿被流弹射穿。山中潮湿不堪又少医药，几天下来，英夫的右腿就化脓红肿得水桶粗了，挪一步都困难。英夫知道再这样下去他会没命的，他必须找个地方医疗并休养。幸好英夫找到了一个很小的寨子，寨子里的人住着吊脚木楼，穿着蜡染布，过着与世隔绝的生活。英夫学过汉语，当那个白胡子老族长惊疑地看着他们时，英夫知道在这大山中，他需要这些土著人的帮助：“我们是来自日本帝国的军队，那是个讲究礼仪和荣誉的国家。我受了伤，你能不能找个医生给我看看？另外，我们想在寨子里休整一下。”老族长高兴地说：“你们是尊贵的客人，能招待你们是我们寨子里的荣幸。你的腿看起来伤得可真不轻，我马上让人找来桃花，她可是我们寨子里最好的医生。”

桃花穿着蜡染裙抱着个小木匣来了，英夫想不到在这么闭塞的地方竟有这样娇艳的女子。桃花打开木匣，里面排放着银制的小刀小剪小夹子，还有一些小瓶子。桃花先把英夫的裤管剪开，清洗了伤口，才用小刀割开肿烂处，向外仔细地挤着脓血。英夫痛得龇牙咧嘴，只好转移注意力去看桃花那张离他很近的脸，不觉越看越着迷，几乎忘了腿上的疼痛。桃花处理干净伤口，撒上小瓶子里的白色药粉，最后缠上绷带，忽然奇怪这个面相英俊的军官怎么一声也不叫疼呢？一抬头看见英夫正专注地盯视着她，脸一下就红了：“好了，注意别走动，休息几天就没事了。”英夫连声道谢。

桃花每天给英夫换药，英夫的腿好得很快，不几天就能随意走路了，英夫很觉满意。寨子里本来很平静，现在突然住进来一群来历不明的兵，族长还待为上客，寨子里的男女本能地觉得不安。那些日本兵吃住安乐了，就露出了本性，要找女人。寨子里的女子大多有点姿色，这越发让那些日本兵按捺不住，终于寨子里的两个女人被日本兵强奸了，寨子里的人被激怒了。老族长找到英夫，指着英夫的鼻子颤着胡须说：“你们忘恩负义，丧尽天良！”英夫还能忍耐着不发作，旁边的副手一拔军刀向老族长瞪眼说：“我们没有杀人已经是你们天大的福气了，你们支那人的命贱过蝼蚁，杀多少都不足惜。”就在这时，一个哨兵跑来报告：“有情况，寨子外面发现了桂军。”英夫边向外走边传令：“全体集合，进入战备。”

很快，寨子外面响起了密集的枪声。寨子里的许多人惊慌地跑到老族长家里，桃花也在人群中。枪声渐稀渐远，好像桂军逃走日军追了出去。终于听不到枪声了，余悸未消的人们都祈求那些日本兵再不要回来时，英夫却又领着人回来了。英夫在这带的密林中吃过苦头，知道没有寨子里的人做向导，他们找不到逃匿在密林中的桂军，甚至不会走出这片林海。英夫回来是想在寨子里找一个人给他们做向导，并带足吃的东西，可寨子里的人不愿意给他们当向导，更不愿意给他们吃的。英夫就让部下自行在寨子里搜寻食物，能带多少就带多少。那些日本兵有了英夫的怂恿，不仅搜寻吃的，还抢劫起了财物。寨子里的人拼命护持家产和日兵厮夺，日兵就开枪杀人奸淫妇女放火烧寨。

老族长怒视着他盛情招待了这么些天的英夫，悲愤得都要吐血了："你，是个畜生！"英夫冷笑："只要你派个人好好给我们做向导找到那些支那军，我们立刻离开寨子。"老族长一顿手杖："我们寨子里的人决不会带你们去杀我们中国人！"一个日兵用枪刺抵住老族长的胸口。桃花从人群中走出来，平静地对英夫说："我给你们带路，我经常在山中采药，地形比寨子里的人都熟。"英夫高兴地说："好啊，有你带路我不胜荣幸。"桃花在转身出寨子前，很特别地看了一眼英夫："你是我救治好的，也应该由我送你出去。"

时值二月中旬，又逢春雨连绵，桃花带领着英夫的队伍，在湿气蒸腾的山林中走了多半天，英夫一再问桃花："你真的知道那些支那人的部队藏在哪里吗？我们哪时才能走出这迷宫样的密林？"桃花微笑说："快了快了。"

他们终于走到了桃花谷，桃花脸上的笑更深了，指了那一谷云蒸霞蔚的桃花说："过了这条山谷你们就走出深山了，你们追赶的那支队伍就是从这儿出去的。"英夫从没见过这么多盛开的桃花，多得就像谷中平涌出一长幅美极了的壮锦，只觉绚丽得夺人心魄，奇怪的是在那桃花最密集繁盛的上方，聚集着浓厚的烟雾，并带点浅淡的粉红色晕，因为谷中无风，那非烟非雾的迷人气团不散也不流。英夫大声赞叹："好地方，真是人间仙境！"桃花就又笑笑，只是那笑看起来冷冷的。

桃花率先下谷,英夫随后,一行人尽数走进谷中没于桃花里。谷中腐殖质异常肥沃,树下花瓣积落如毯,在这阴雨的天气里,都腻烂成浆了,树上的桃花反而开得妖艳非常。越向谷中走,那非烟非雾的浅红色气团越是蓬勃盛大。英夫很快就觉得头疼恶心继而呕吐不止,看看部下,都和他一个症状,个个痛苦不堪,桃花也不例外。英夫惊慌地问桃花:“这症状很像中了毒,怎么办啊,你能治吗?”桃花冷笑:“这里是无人敢来的桃花谷,你们中的是桃花瘴,凡是中桃花瘴的人,最后都会全身痉挛地死去,这种瘴气没有药物能治。”英夫绝望地看着桃花:“你是故意把我们引领到这儿来的?”桃花不再冷笑,挣扎着离英夫远一点:“我只希望死时能离你远一点。”

原来,江东岭南,土地潮湿,春夏之间,风毒弥盛,又山水湿蒸,故多瘴毒。瘴有多种,其中尤以桃花瘴为酷烈为诡异,中瘴者无一能生还。

那年,走进桃花谷的日本兵,尽数死于桃花瘴。

飞 刀

○张国平

高大威武的将军大步跨进莫五那低矮的剃头铺时,莫五正躺在太师椅里咿咿呀呀地哼着小曲。莫五那南腔北调的小曲跟远处传来的隆隆炮声极不和谐。

飞刀,将军要净面! 跟在将军身后的警卫拍一把飞刀的肩,说。莫五猛一回头,瞪着醉眼的小眼睛就看见了将军那"杂草"丛生般的脸。莫五一个激灵,身体摇晃着问,您要刮脸? 将军哈哈大笑,刮脸!将军的声音如洪钟。将军说,听见城外的炮声了吗? 老子要跟小日本死拼! 刮完脸回到城外,老子要跟小日本死拼到底!

莫五知道城外的形势不妙,听说将军的人死了不少。莫五的敬畏之情油然而生,站起身去取剃刀,腿却软软的不怎么听使唤。莫五喝得八成醉了。

莫五是小城有名的剃头匠,那把剃刀在莫五手里玩弄得如魔术师的道具,所以,人送外号"飞刀"。莫五手艺高到啥程度? 一个葫芦变成俩,莫五的剃刀在葫芦上飞速旋转一圈儿,心是一个葫芦,皮放在那里还是一个葫芦。那天莫五喝醉酒躺太师椅上迷糊,要饭的疤瘌头喊他两声没吭声,以为他睡死了,伸手去捞莫五放条几上的钱,莫五一把剃刀扔过去,不偏不倚正插在疤瘌头手指头缝儿里,吓得疤瘌头连连求饶。

莫五没啥爱好，就喜欢小酒。只要有酒，天塌下来莫五也不会躲。城里的年轻人都拎着刀随将军到城外跟日本人血拼了，这几天来剃头的人极少，莫五又饮了几口小酒。

莫五在那块黑糊糊的磨刀布上擦拭着剃刀说，将军您坐好了，俺要给您好好剃。莫五摇一下头，驱赶着酒劲儿，但还是感觉自己的小屋在一摇一晃的。莫五知道自己喝得太多了，捏着剃刀不敢下手。

将军瞥一眼莫五说，莫五你快些剃，城外的炮声在催我呢。莫五“噗噗”在脸上拍几把冷水，觉得清醒了许多，莫五的剃刀就在将军头上行走如飞。莫五看见将军的眉头上拧成了疙瘩，知道将军一定还惦记着城外生死未卜的弟兄。将军说，莫五你快些，拿出你的看家本领。莫五说好咧，就转身又取出一把剃刀。莫五有一手绝活，双手使刀，两把剃刀在莫五手里一起一落上下翻飞，眨眼工夫，头发已经剃了个精光。

莫五想，既然将军让他露绝活，就一定让将军满意而去，但今天莫五的手却没有往常那样灵便，剃刀在莫五手里一顿一顿的。警卫看出来了，就说，飞刀，你小心点儿。莫五看看警卫紧张的脸，心里便有些长草，手里的剃刀便不听使唤。将军呵呵地笑，尽管剃，快些就好。

莫五的心绷得紧紧的，谨小慎微。终于剩下最后一刀了。莫五心里一松，就在将军的脸上留下一道血印。警卫拔出枪，大喊，莫五，你混蛋！莫五两腿发软，“扑通”跪在将军面前说，莫五该死。

将军抹一把血，笑，算不了什么，男人哪有不流血的？将军拍着莫五的肩膀说。回头对警卫说，拿二十块银圆来。莫五惊恐地说，莫五不敢。将军呵呵地笑，钱一定给你。莫五说，太多了。将军说，我留着啥用，这次返回战场也许就跟小日本同归于尽了。将军让警卫在每块银圆上拴一线绳说，也不轻易给你，你拎在手里，我每走二十步放一枪，打不落算奖你的，打落的只当你替我保管着。

弹无虚发，将军走到那匹枣红马旁边，二十枚银元也全散落在莫五脚边。莫五提着空绳的手还在哆嗦，将军上马绝尘而去，但笑声还震动着莫五的耳膜。

城外的炮声更响更急了，震落的树枝砸在莫五头上，生疼。摇摇欲坠的夕阳把天际染得一片血红。

莫五的酒一下醒了。莫五蓦然站直了身板，拍拍膝盖上的尘土，转身回屋取出那两把飞快的剃刀，直奔将军去的方向而去。

莫五扯破了嗓子大喊——

将军，等我！

刀客之死

○非花非雾

南衙的东邻是一座铁匠铺,明代建南衙的时候,它就在那里。人民政府搬到人民路,南衙变成“南衙街小学”,铁匠铺还在那里。

白发苍苍的铁匠躺在床上,用微弱的声音叫道:“兰,拿来。”

兰顺着他的眼神望向墙上挂着的那把裹着皮革的刀。皮革上落着厚厚一层灰,沉沉地、幽暗地静默在泥土壁上。四十年,整整四十年,它没有变换过一下姿势。

年近六十的兰腰身依然灵巧,大概是没有生育过的缘故吧。

她取下刀,抹去尘灰,打开皮革,里面是红木刀鞘,金丝缠绕的刀柄。由于年代久远,一股陈腐的怪味弥漫在屋里。铁匠颤抖着双手,接过刀,两手一用力,听到的不是那种熟悉的、令人快意的“铮”的一声,而是朽木断折的“噗”,像空气中有人望着他讥讽地一笑。他只拔出一支刀柄,那曾伴他传奇人生的神刀,被岁月蚀成一块废铁。

铁匠也随着这讥讽一笑咽下最后一口气。

下葬时,兰将那把刀放在他的手边。

兰知道,铁匠是一名刀客,他必须带着他的刀一起面见祖先——兰是铁匠之外唯一知道这个秘密的人。

豫西地区从清末到新中国成立初期,匪患猖獗,打家劫舍,危害一方，统称刀客。

他们有结伙聚众占山为王的，也有隐身单行什么人也不知其刀客身份的。当年在豫西有一位大名鼎鼎的刀客，叫“玉面独行”。但他长什么样子，隐身何处无人知道。他从不随意打劫，只收人钱财，替人“消灾”。有一个固定的线人，为他承揽生意，他们有独特的联系方式，线人也没有见过他的真面目。

还有一种“双面人”，他们在国民党内部做官，明官暗匪；有的本来就是“土匪”，抗战胜利以后摇身一变，成为“剿匪英雄”。当时，南衙的文化股主任王成桢，出身书香门第，写得一手好公文，老百姓称他是师爷。一有机会，他便抢劫作案。

师爷的双面人身份，路人皆知，但是，没人敢说一个字。

民国三十五年腊月三十的夜晚，他身披大衣，头戴礼帽，一手打着电筒，一手提着盒子枪，在紫逻口遇着一个过路人，不问青红皂白猛打一顿耳光，把过路人身上仅有的盘缠十块银元搜去。然后他抢先一步回到南衙，把衣帽一换，坐在办公室里。当这位被抢者到南衙报案时，王师爷一拍桌案：“哼哼，你是共产党派来的奸细，故意惑乱民心。来人，押进牢里，审出同伙。”

兰只身到南衙为父亲收尸，她才十八岁。师爷强留她，她便住进南衙后院。

兰常闲闲地在一方阁楼上走来走去，从东窗，正好望见东邻的铁匠院落，三十来岁的李铁匠的身影在她眼前晃来晃去。

师爷在床笫之间也存着防范之心，只是他不知道自己的哪一句话会使兰捕捉到父亲死亡真相的蛛丝马迹。

但兰却知道了所有真相。

兰用全部财产，向“玉面独行”买下王师爷的人头。

那是春风轻拂的夜晚，兰蒙睡去，一激灵惊醒，便看到一个熟悉的身影站在床前。

兰快意地看着身首异处的师爷，再看看蒙面大侠。她说：“谢谢你。”

望着“玉面独行”的身影融于夜色中，良久良久，兰才大声呼叫起来。

师爷一死，兰和师爷那些值钱不值钱的物品一起在南衙门口拍卖。

兰看向铁匠铺，用一双眼睛乞求着他。铁匠用三十块大洋买下了她。

新婚之夜，兰轻抚着床侧那把刀，一使劲，要把刀从鞘中拔出。李铁匠敏捷地制止她。

刀客的刀是不能随便拔出的！这是他十二岁时，从父亲手中接过这把自他一出生就在锻打锤炼的刀，跪在祖宗牌位前接受的规矩。刀客的刀，一旦出鞘，便要饮血而还。如果没有杀到人，则必须杀狗杀鸡替代，一时找不到狗、鸡，便要拿自己的血祭刀。刀客生的第一个儿子必须继续做铁匠，练就一身钢筋铁骨，然后继续做刀客。

兰伏在铁匠的怀里，哭了。一直哭了一夜，她说，要用眼泪祭奠那些不明不白无辜丧命的亡魂。

铁匠在地上站了一夜，当第一缕晨光照进木格窗，兰止了哭声。

铁匠把刀挂在墙上，发誓再也不让刀见光。

铁匠打铁器维持着二人的生活，直到老死。他们一直没有要孩子。

最后一名刀客终于消失了，他杀了无辜的人，杀了杀人的人，时间杀了他！

他没有后人，刀客时代结束了。

龙大侠

○易　凡

盘龙镇是个三省交界的古镇,加之滚滚长江水绕镇边东流而去,如此特殊的地理位置,自古以来,就成了兵家的必争之地,又是争到之后的不管之地。为何?只因这是三省的边角地带,鞭长莫及。于是,在那兵荒马乱的年代,更是盗匪猖獗,恶人横行。世世代代的盘龙镇人,也形成了一种强悍的古风民情:拳头硬是大哥,打得赢为好汉。

那年,龙大侠到了盘龙镇。龙大侠是外地人,见当地人争强斗勇,崇尚武术,就在盘龙镇开了家武馆,取名为“龙行天下武术馆”。几个月过去才好不容易收下俩徒儿,一个叫黑狗,另一个叫白狗。叫黑狗的,生得高大魁伟,膀大腰圆,像尊黑金刚;叫白狗的,长得细皮嫩肉,眉清目秀,像个温柔的女人。从此,龙大侠走到哪儿,这俩徒儿就跟到哪儿,就像龙大侠的影子。

龙大侠早就听人说,外地人来盘龙镇是长不了的,时间长了,立着进来的,都得横着出去。龙大侠清楚,来盘龙镇开武馆得罪人了。

这天,黑狗白狗报告龙大侠说有人下了战书,要他到大坝子比武,条件是打赢了就留下来,继续在盘龙镇开武馆,输了就得滚出盘龙镇。龙大侠也不说话,也不带家伙,就稳稳地迈着慢步,出了武馆大门。黑狗白狗紧紧跟随。

大坝子围了很多人。远远就能清楚地看见人群当中有一条横幅，上面写着“拳打猛虎，脚踢蛟龙”的大黑字。龙大侠微微一笑，知道这“龙”就是指他。看热闹的人见龙大侠来了，齐刷刷地把道给他让了出来，都在心里说：有好戏看了。

场子忽地静了下来，静得连有人放屁都可以听得清清楚楚。

场子中那几个正在舞刀弄枪、耍拳练腿的也停了手脚，警觉地盯着龙大侠三人。领头的是个黑大汉，腰系黑色宽大练功带，裸着上身，浑身肌肉鼓鼓的。黑大汉有意抖动浑身肌肉，傲视着龙大侠，半天冷笑一声：“外头来的，也不掂掂自己的分量，敢在龙盘镇开武馆！今天我就让你见识见识什么是真正的武术！”

龙大侠只是微笑不语，倒是白狗走了过去，三下两下，就把那“拳打猛虎，脚踢蛟龙”的横幅扯了下来，揉成一团，狠狠地摔在地上，还用脚在上面使劲踩了几脚。这下，激怒了黑大汉等人，他们把龙大侠三人一下围在了场子当中。

龙大侠微闭双眼，两手叉腰，无事一般。对方见状，都不敢轻易上前。黑大汉看出面前这人非同一般，不能小看，就问：“文比如何？”

龙大侠睁了眼，淡淡地说：“龙某愿意奉陪！”

黑大汉大喊一声，垒砖！三块青砖就厚厚地垒在了场子中央。只见黑大汉抡臂运气，“嗨”一声翻掌下去，三块青砖就齐斩斩地断裂了。全场一片喝彩。

龙大侠说，垒砖。三块青砖也厚厚地垒在了场子中央。龙大侠走过去，举右手将气运入食指和中指。然后也“嗨”地劈下去，三块青砖也齐斩斩地断裂了。全场鸦雀无声。过了一会儿才有人哇哇叫好。

黑大汉说，手比不过你，咱比比脚看！黑大汉见旁边有一捆锄把儿，说就比断锄把儿！这时早有俩人将一根硬木锄把儿，两端握着走到黑大汉面前，人还未站稳，黑大汉飞起一脚，锄把儿“啪”地断成两截。

龙大侠说:“请再加一根。”面对两根锄把儿,龙大侠飞起一脚,锄把儿没断,完好无损,引来一片哄笑。

黑大汉一声冷笑,“看我的!”话落脚起,两根锄把儿早就断裂。

龙大侠大吼一声:“再加一根。”哇——三根呀!全场一片惊叹。龙大侠立定、运气、飞脚,三根锄把儿发出了刺耳的断裂声。

黑大汉大吃一惊,也大吼一声:三根锄把儿!黑大汉运气片刻,狠命一脚,只听“啪嚓”脆响,三根锄把儿没断,黑大汉的腿断了。黑大汉倒在地上翻滚号叫,痛不欲生。

黑狗扑上去,抱着黑大汉大声哭叫:“爹呀,是我害了你啊!”白狗也扑倒跪在龙大侠面前,一个劲儿地叩头……

从此,龙大侠就在盘龙镇顺顺当当开了武馆,教出了很多的弟子。盘龙镇解放那年,龙大侠还当上了盘龙镇的第一任镇长。那时盘龙镇人才知道,龙大侠原来是个地下党。

醉 石

○墨中白

泗州人玩玉风盛，黄山一人独好石头。泗州城外九座梅花山上多怪石，黄山常去山上寻觅石头。每有所获，便醉酒相庆。

收金藏玉是常事，黄山独爱石，众玩家不解："为何获石如得宝?"黄山笑道："金银玉器固然可贵，玩的是乐在一时。可石头天然，似世间万物，如幻如真，不可更其质，不可改其硬，应自然的变化而有度，守住原本的性质而坚硬如初，不愧长天之浩浩，不负沃土之泱泱，玩石又何止是一乐?"

大家听了，也不搭腔，各自举杯饮酒。

黄山见众人不以为然，便从怀中掏出一包，打开红布，只见一白石线如切，曲如刻，弧如雕，圆如搓，随太白之醉而醉，醉意浓浓，呼而不醒，其神态令人拍案叫绝。

众玩家纷纷称奇，然仍有人不屑："醉石虽奇，仍是石头，怎能与美玉相比?"黄山淡然一笑："玉初也如石，因人雕琢而成玉，而石头天然如万物，其形神奇，非人力所能。"

"说得好!"旁边一个讲着生硬中国话的人拍起手来。

众玩家一看，是个日本人。他盯着黄山手中的石头，高兴地说："中国不仅金银玉器值得收藏，石头也有无价之宝，您这醉石，卖吗?"

黄山摇头。

“我出五十两黄金。”日本人伸出左手。黄山心里一紧，仍是摇头。

“这个数呢？”日本人又亮出右手的五个指头。

“一百两黄金？”众玩家不敢相信。

黄山还是摇头：“玩石玩的是心情，藏石藏的是快乐，快乐无价，心情如何卖？”日本人抚摩一下醉石，失望离去。看着众玩家羡慕的眼神，黄山脸上露出得意之色。

玩瓷器的吕震提醒说：“此人可能是桃太郎，他有收藏癖，而且与官府勾结，就是此人强买钱国生的铁五铢钱，害得他连夜逃离泗州城的。”

黄山顿时酒醒，后悔不该当众炫耀醉石。

当日下午，桃太郎果然再次找到黄山，非要买他的醉石。

没想黄山抬价，最后以二百五十两黄金成交。

众玩家都笑：“醉石虽奇，也有价，黄山你也是爱金银的人哪！”

黄山神秘一笑：“醉石实有两个，另一个大如真人，更酷似太白，醉立于九座梅花山上。”

不几日，桃太郎又找到黄山，询问真人醉石的去处。“醉石扎根于大山，岂是人所能动？”黄山轻蔑一笑。“一睹而三生有幸。”桃太郎回答。

“既然先生有如此雅兴，不妨带您一观，不过，山路险峭，十分难走……”黄山沉吟道。

“我常攀中国的名山大川，再险的山路也走过。”桃太郎不为所惧。

第二天天还没亮，桃太郎如约登山。山路果然险峻，到了命悬崖，黄山指着通往对面腊梅峰的那块窄细石头说：“这就是有名的心平石，过此石须心无杂念、气静心平才可。”

望着窄石下深深的山崖，桃太郎不由得倒吸了一口凉气。“要不，还是原路返回？”黄山微笑道。“到了，怎能回去？”桃太郎愣愣地看着窄石，“这石条能走人吗？”

黄山看他一脸惊疑，就屏气抬脚，顺着心平石慢慢挪步，不一会儿就到了对面，直看得桃太郎心惊肉跳。稍息片刻，桃太郎也学着黄山的样子挪步上了心平石，走到中间，他却不敢抬脚了，对面的黄山提醒他不要往下看，可桃太郎只觉头一晕……就在这时，一根树枝伸到面前，桃太郎犹豫了一下，还是牵着树枝慢慢地挪到了对面。

腊梅岭是众山巅峰。望着远处细如飘带的黄河，遥看美丽的泗州城，桃太郎感慨：“好醉人的风景啊！”黄山说：“地是山之母，石是山之魂……”“先生无须多说，刚才情形，你只需轻轻一碰，我便跌入命悬崖。先生君子我小人，惭愧啊。”桃太郎面露羞色。

返回时，桃太郎在前，黄山随后。这次桃太郎挪步心平石不再胆怯，小心过了命悬崖。桃太郎下山，把醉石还给黄山，从此撤离泗州城，再没回来。

众玩家问：“命悬崖那边的腊梅峰真有太白醉石吗？”

黄山醉笑：“不贪，不妒，不弃，有又如何，没有又如何？”

剑　奴

○刘　磊

深秋，晌午，古道。

一名红衣女子骑着一匹白马闪电般绝尘而去。紧随其后的，是一个骑着黑骏马、戴着玄铁面具的荷剑男子。

一匆匆赶路的武林中人，想到江湖上的传闻，暗忖，想必这就是“玉面罗刹”邓紫烟和她的剑奴了。

那红衣女子正是邓紫烟，如影随形的是其剑奴。

邓紫烟的父亲邓一杰乃武林奇才，当年以罕逢对手的剑术扬名天下。他与拳术精湛无比的严峰相交甚厚，义结金兰。严峰有一儿，名唤严珏，年长紫烟一岁。因大人常有交往，两个孩子亦常在一处玩耍，颇为投缘。两家大人见状，约定结为儿女亲家。

天有不测风云。严珏五岁那年的一个夜间，突然神秘失踪。严峰苦苦寻觅，终无所获。

没过两载，灾难又降临到邓一杰头上。他家饮用的井水被人暗中下了药，邓一杰全家惨遭灭门。

当时小紫烟在其姨娘家，才躲过劫难。

当时武林盟主即将选拔，最热门的候选人便是邓一杰和严峰。邓一杰意外惨死，多少绿林豪客唏嘘不已，严峰痛失挚友，更是泪流满面。

严峰亲自操持，厚葬了邓一杰家死难的一十七口，并将紫烟收为义女。不久，严峰便荣登武林盟主之位。

自从家庭惨遭变故，紫烟就变得沉默寡言。严峰夫妇对她视如己出，疼爱有加，终无法抚平她内心深处的创痛。她每天舞剑弄刀，挥汗如雨，希望练好功夫将来报仇。

刚过了十六岁生日，紫烟便要独自出去闯荡江湖。严峰怎么劝阻都无济于事，只得嘱咐她几句小心江湖险恶，由她去了。

尽管严峰答应她将竭尽全力查出凶手，可一直未果。于是紫烟决定自己暗查，解开当年的血案之谜，手刃仇人。

多年的仇恨已让邓紫烟不堪负荷，她的性情大变，闯荡江湖没多久便因心狠手辣得了个“玉面罗刹”的名号。

一天，她风驰电掣地策马经过一集镇，一个步履蹒跚的乞丐婆闪避不及，眼看就要发生祸事。突然从路旁闪出一后生，一把拉开老妪，回首瞪着粉面含威的“玉面罗刹”。邓紫烟当即举鞭打了过去，在那后生前胸留下一道血痕。

那后生狠狠地盯着这霸道女子，可没多久，他的眼睛蒙上一层奇怪的神情，还咧嘴笑了笑。这一抹笑意更加激怒了紫烟，她手中长蛇般飞出一根绳子，将后生捆了个严严实实并拖在后面，催马扬鞭，疾驰而去……

从此，那后生成了紫烟的奴隶。每当她想起血仇，他便成了她泄愤的工具，被折磨得体无完肤。她还特地弄了个铁面具给他戴上。无论她如何恶劣地对待他，他都一声不吭，毫无反抗。

就是这样一个男人，却身怀武功，并且称得上一流高手。一个深夜，当他独自在后院练功时，邓紫烟无意中窥探到这一秘密。

紫烟知他对自己死心塌地，索性将宝剑交于他保管。

经过一段时间的秘查，紫烟总算寻到了一丝线索。

一天，她途经荒凉的十字坡，突然从路边庄稼地里蹿出八个蒙面大汉，不由分说，便用手中的各式兵器招呼她。紫烟轻盈如燕，闪避之余已从剑奴那儿取剑在手，以凌厉之极的招数奋力迎战。她以一敌八，竟然未落下风。

就在此时，一个身影疾如鬼魅地倏忽而至，一言不发，便冲向紫烟痛下杀手。

不料他刚一掌击出，就感觉自己胸口一震，随即吐出一大口血水。他诧异地抬头一看，却是那个带着戴面具的家伙，硬生生地挡了他击向紫烟的那一掌。

他惊讶无比，不禁仔细打量起那铁面人。那怪人面部完全被罩住，只留下一双眼睛，那眼神竟显得十分悲哀。

紫烟已从突然变故中醒过神来，她冷冷望着偷袭她的男人，鄙夷道："果然是你……"

那男人正是严峰。他面色煞白，往日的威严丧失殆尽。他对紫烟的话置若罔闻，眼睛却一直盯着剑奴。许久，他沉重地叹了一口气，沮丧道："难道到了此刻你还不肯认我吗？"

剑奴取下面具，双目噙泪。他说："自从你为了虚名做下人神共愤的事情后，就已将儿推向万劫不复的深渊。"

紫烟听到此言，方知多日来陪伴自己左右的剑奴竟是隐姓埋名的严珏，一时呆在那里。

却说当年，严珏被一武林奇人视为百年难遇的习武奇才，而秘密带至天山授予绝世奇功。十多年后，在他下山前的那个夜晚，洞悉世间一切的师尊给他讲了一个真实的故事……

这故事，对严珏极为震撼。于是，他悄悄地改变了行程，并以赎罪的心态接近了紫烟。

然而，严珏终究还是十分惦念母亲。一天深夜，他终于忍不住潜回严府，悄悄地看望了熟睡中的娘亲，并将自小随身佩戴的一枚玉佛留在了母亲枕边。

此刻，父子相见于如此惨烈的气氛之中，令人百感交集。

严峰仿佛一下子苍老了许多，他轻声道："自从见到那枚玉佛，我就知道珏儿你回来了。你母亲又高兴，又伤心，每日思念你泪流不止……你，你怎么忍心弃双亲于不顾呢？"

严珏道："你一心想做武林盟主，本可以理解，可为什么要以十七条活生生的人命为代价呢？我无法改变我们的关系，只能以自己的方式行事。烟妹在此，是你应该给她个交代的时候了。"

紫烟望着这老少两个男人，一个是自己的灭门仇人，同时又是养育她十多年、对她百般呵护的长辈；一个是儿时亲密无间的伙伴，同时又是她动辄打骂、任意欺凌，却在关键时刻出手相救的恩人。

"我该怎么办？"天在转，地也在转。晕眩重重地向紫烟袭来，她是那么的困惑、无助……

1943 年的飞刀

〇行吟水手

许三多是个男人却有许多男人都没有的一手。

许三多有五把刀子，把把不过一，恰恰隐入掌中，把把锋利无比削铁如泥。刀子在许三多手中握着时不露锋芒，一旦抛出能将黑夜划出一道炫目的白亮。

那天，许三多在雨城的大街上卖艺。他让那五把纯钢打制的小刀在手上变戏法似的上下翻飞，看得人眼花缭乱，引来一阵阵喝彩声。表演结束后，有个人献殷勤，拿着一顶帽子想替他收钱，他很生气地用飞刀把那顶油渍斑斑的帽子穿了个洞，而后就收起了刀子和他自己。

当时雨城聚宝钱庄的乔老爷也夹在人群里看热闹。当许三多拨开人群要往外走时，乔老爷喊住了他。乔老爷说，小伙子，我看你身手不错，到我的聚宝钱庄做事吧，怎么样？

许三多说，好的。

乔老爷的钱庄生意做得很大，光雨城就有好几个分号。许三多除了看家护院，还担负着重点客户存兑银钱时往返的安全。

在许多时候，许三多都显得心事重重。没事的时候，他就在乔府的后院里甩刀子。一天傍晚乔老爷来到了后院，他对正握着刀独自发呆的许三多说，许三多，你不是一个平常的人，从我第一次见到你我就知道你不是一个一般的人。许三多轻轻笑了一下，他抬了抬头，看见一抹夕阳爬上了对面的马头墙。

乔老爷六十岁生日这天，乔府来了好多贺寿的宾客。已经是国军某团团长的乔老爷的公子乔宇，也从数百里外的驻地赶来贺寿。他当着众多宾客的面，对在一边值勤的许三多说，我听老爷子说你有五把出神入化的小刀，且能在电光火石间飞刀穿物，是这样吗？许三多笑了笑，说，那是乔老爷过誉了。乔宇说，算你还有自知之明。你说，你的飞刀再快，能快得过我的子弹吗？再说，你会放枪吗？所有的人都大笑起来，只有许三多一个人羞得面红耳赤。笑声过去后，许三多抬起了头。他说，乔老爷，你的身后有几只嗡嗡叫的苍蝇，真聒噪，我替你赶走它们吧。说话间，刀光一闪，几只青头苍蝇便被钉在了廊柱上。

乔宇的脸红成了关公。

1943 年的秋天来临的时候，一队日本兵占领了雨城。雨城的上空充满了血腥的气味。

乔老爷的叹息声在乔府里头起起伏伏。他一边骂着可恶的天气，一边诅咒着天杀的日本鬼子。他对许三多说，这群狗日的鬼子每天都在烧杀抢掠，等着吧，我儿子乔宇要不了多久就会领着他的部队将这群禽兽不如的家伙杀个片甲不留。许三多在一旁骂了一声娘，他说他娘的这些猪狗不如的东西真是该死。然后许三多就站在了天井里，他说乔老爷我该走了，我必须要走了。然后许三多就头也不回地一直走出了乔府大院。

日子不紧不慢地过着，雨城的每一天都充满了变数。比如说，几天前，国军某团在团长乔宇的率领下，成功偷袭了日本兵的营地。据说是由于一位身怀绝技的江湖义士的相助，才取得最终的胜利。传说中，那位神乎其神的义士手握五把削铁如泥的小刀，于一个月黑风高夜闯进鬼子的营地，没等哨兵缓过神，刀子已扎进前胸或后背。他就这样一人在前开路接连干掉了十个哨兵，全部营房都被占领了还是一片鼾声，几乎所有的脑袋都是垫着枕头砍掉的。

此后，那位江湖义士销声匿迹，不知所终。

传说的最后是这样的，国军某团团长乔宇因为抗战有功，被上峰提拔为某旅旅长。他觉得内心有愧，便请艺术家用他在战争中立功所得的军功章，拼成了一个抗日战士的头像。在雨城人看来，那头像分明跟那个叫许三多的人一模一样。

萧墙内斗

○石上流

萧家是金城名门望族，世代经商。到了萧毅峰当家主事，日益兴旺。

萧毅峰先后娶进五房妻妾。除了正室杨氏，偏室四人无一例外，均在萧毅峰外出忙于商务之际相继抱病身亡。

四个如夫人无一善终，萧府下人对个中原委心知肚明。然而，连老爷都没有查究此事，有谁还会蹚这浑水呢。萧毅峰虽恨杨氏歹毒，但慑于其父官家威势，只能忍气吞声。

眼瞅着心爱的女人一个个如花而谢，心灰意懒的萧毅峰发誓不再另娶。

萧毅峰子嗣甚少，除了杨氏生了一儿一女，便只有林夕樱留下的泰儿了。

只可惜，泰儿五岁时竟于元宵之夜看花灯时走失，多方寻找终无下落。萧毅峰每每想起夕樱母子，便悄然落泪。

唯一让萧毅峰感到安慰的是，长子萧珏少年老成，沉浸诗书。

尽管萧毅峰对杨氏颇为厌恶，对萧珏却另眼相看，期望甚高。

转眼已至乡试之期，萧珏未负十年寒窗苦，中了解元，越发意气风发。

萧毅峰多年忙于商务操劳过度，加之怀念夕樱母子，未待萧珏成家便疾病缠身。无奈之下，只能将一切事务交于儿子打理。

萧珏一门心思只想出仕，何曾经营过这些，没过数载，便将萧毅峰创下的家业败了一半。

萧毅峰忧心如焚，病情加重，竟至卧床不起。

不久闹起旱灾，流寇四起，搅得人心惶惶。最厉害的一伙扎寨黑龙山，首领名唤黑豹。

金城多少豪门大户惨遭黑豹的洗劫。萧珏心惊胆战，加倍防范。

一日晌午，一名汉子径直来到萧府，自荐做护院武师。

萧珏放眼一看，那人与自己年岁相仿，身高马大，只是不知他有何过人本事。

来者似乎窥见萧珏心思，将大门口硕大的石狮顺手一搭，高举于顶，健步走了二十余步，回头，稳稳当当地放还原处。

树梢的知了一声接连一声地叫着，让人莫名烦躁。那汉子虎目上瞄，右手一扬，一支小巧的袖箭疾驰而出。瞬间，一只知了落于尘埃。

“壮士真是好本领！”萧珏淡漠的脸上掠过一丝微笑。

来者自称姓仇名逵，因闹饥荒才离乡背井流落此地，不求富贵但求温饱。

萧珏道：“仇壮士身怀绝技，萧某绝不会怠慢，每月以二十两纹银相酬如何？”

仇逵亦未推辞，拱手称谢。从此，在萧府住下。

说来也怪了，自从仇逵来到金城，这一方似乎恢复了平静。

众人议论纷纷。看来这姓仇的倒是个非凡人物，他放出话去敲山震虎，竟有立竿见影之效。

唯一感到心神不宁的是杨氏。

杜绝了匪患，她本该感到欣慰才是。可是，似乎有一股神秘的力量在操纵着她，令她芒刺在背，寝食难安。

一日深夜，杨氏因闹肚子起来解手，无意中发现仇逵正在院子一角的樱花树下虔诚焚香，默默祷告。

杨氏悚然一惊，脑海顿时浮现出一个熟悉的影子。

次日，杨氏屏退下人，向儿子道出心中疑团。萧珏惊惧不已。

来者不善，来者不善……萧珏喃喃自语。思量再三后，他携带巨额银票，悄然摸到黑龙山，与匪首黑豹达成一项交易。

三日后，中秋之夜。一轮明月将乾坤辉映得一派祥和。

供奉了月神之后，萧珏与家人共享美味佳肴。仇逵因护院有功，也应邀入席同饮，一时兴起竟酩酊大醉。

突然，随着一声吆喝，七八个铁塔似的汉子手执刀剑从天而降，不由分说便绑了仇逵。

为首那个黑脸膛男人正是黑豹。他冲着仇逵，咧嘴露出古怪的神情。

萧珏一扫往日斯文，放声狂笑："任你神通广大，也逃不出我的手掌心！"

仇逵目光炯炯，已醉态全无。他双臂轻轻一振，那手指粗的绳索已自行脱落。

面对突然变故，萧珏一时惊愕得说不出话来。

仇逵逼视着萧珏，字字铿锵道："没想到你和你娘一样，坏得无可救药！"

原来，仇逵正是林夕樱之子。

当年，林夕樱的胞弟林晖已探明姐姐死因，担心外甥再遭杨氏毒手，便在元宵之夜带走了泰儿。

后来，年景不好生计无着，林晖不得已落草为寇，化名黑豹。

泰儿自幼随着舅舅习得十八般武艺。直到半年前，黑豹才将埋藏心底二十余载的往事告诉外甥。

泰儿为了给娘亲讨个公道,化名仇逵进入萧府。

仇逵冷眼旁观,察觉萧珏外表斯文内心阴狠,而杨氏对其疼爱有加。要给那毒妇最沉重的打击,莫过于从萧珏身上下手。

可是,他发现风烛残年的老父对自己和母亲竟然一直念念不忘,一时倒颇感犹豫。

毕竟,萧珏是同父兄弟,骨肉相残,老人知道真相后如何经受得起!

舅舅传讯,自己原还未敢尽信。没有料到,事情真的发展到今天这个局面。

又一次选择摆在面前,究竟应该何去何从?

不知何时,明月已被阴云淹没。一个惊雷猝然响起,豆粒般的雨点急泻而下,大地一片混沌……

突然,仇逵感到一双苍老的手紧紧地握着自己的右手。迷惘中的他大吃一惊,掉头看到父亲那张饱经沧桑的脸。

萧毅峰是由管家推着轮椅送过来的。他激动得浑身颤抖,一边剧烈咳嗽着,一边无限温柔地望着失而复得的泰儿。

少顷,他的目光变得无比凌厉,像闪着寒光的锥子,投向原本期许甚高的长子。

杨氏与萧珏佝着脖子,脸色苍白,像秋风中两枚瑟缩的枯叶……

阴　奴

○徐仁河

唐末，连年战祸，民生凋敝，活人尚不及山上的坟头多。石子岭村由于地处四省交界，更是兵祸连连，饿殍和难民乱葬山岭，难以计数。石子岭荒冢丛中有一座寺庙，里边住着一个癞头和尚。说也奇怪，这个和尚除了吃就是睡，但寺庙里干干净净，不落一丝尘土。没见和尚挑水、劈柴什么的，庙里水缸日常却是满的，灶间隔天也会码上一摞柴火。有人认为和尚是趁天黑自己悄悄干的。村民徐二胆大，于是好事的他半夜潜伏在寺庙围墙外的榉树上偷偷打探。

那和尚果然睡至半夜起了身。只见他执一把桃木枝，走进寺庙后院的荒冢中，嘴里念念有词，用桃木枝拂打坟茔，就见坟茔中跳出四五个鬼魅，朝和尚磕头作揖不止。和尚呼喝道：你，劈柴！又指着另一个：你，挑水！鬼魅们纷纷应诺，而后起身干活儿，挑水的挑水，劈柴的劈柴，还有生火做饭、打扫庭院的，井然有序。徐二大惊失色，立时从榉树上跌落下来，摔在树下的青石阶上昏了过去。

等他醒来的时候，发现自己躺在寺庙的蒲团上面。癞头和尚慈眉善目，正给他包扎伤口。徐二惊恐未退，和尚安抚他道：施主莫慌，这只不过是我豢养的几个阴奴，平时替我打扫庭院，照顾起居而已。和尚帮徐二包好伤口，将他送出寺庙，嘱咐他说：施主闲暇可来敝庙小叙。夜间所见，切莫为他人道也！徐二走不动山路，和尚还派了个阴奴背着他下山。但听耳旁呼呼风响，眼睛才闭上再睁开，就已出了山，到了村口。要知道，崎岖山路平时要走一两个时辰的。

尔后，徐二果然信守承诺，阴奴之事未对旁人吐露。他没事的时候，送点新鲜果蔬上山给癞头和尚，和尚乐而受之。有时和尚也邀徐二喝点素酒，尝一尝阴奴做的饭菜，居然香甜可口。一来二去，两人结下了深厚友谊。酒酣耳热之际，徐二想叫和尚教他驭阴奴之术，也可以叫些个阴奴帮他耕耕田锄锄地。和尚听罢，摇头不止。

光阴荏苒，匆匆寒暑相易。且说这一天，石子岭下来了一帮匪众，足有千人之多。他们在战场上溃败，又饥又渴，沿途未见人烟，好不容易发现了石子岭这个村落，欣喜若狂。幸好徐二提前得知消息，带着百余名乡亲逃往深山中的寺庙。但匪徒们尾随而至，并将寺庙围了个水泄不通。匪首派人传话说，佛门净地，不忍杀生，叫和尚赶快把那些“两脚羊”送出庙门，如若不然，将举火烧庙。

癞头和尚隔门喊道：头领敬请宽心。给我半个时辰，我给村民们做个法会，提前超度他们。你们那时再吃他们，会味道更佳。

头领说：那样更好。谅你们插翅难飞，就给你半个时辰吧。

癞头和尚把胆战心惊的村民们安置在佛堂休息，然后把徐二悄悄拽到后院。和尚说：此前，你知道我为何不肯教你驭阴奴之术吗？

徐二摇头。

和尚说：豢养阴奴需不时饲以人血。今无他计，只有尽起阴兵以御之。

徐二道：眼下哪来的阴兵？

和尚道：须将后山的所有亡灵唤醒，揭竿而起，抵御强敌。

徐二心下大喜，却犹疑道：你的那些阴奴，打扫卫生还可以，打仗恐怕不行吧？

和尚答:无妨,以我精血饲之,当强壮如山。

徐二挽起袖子道:那用我的血吧!

和尚摇头:凡人之血,腥臭,不及也。

语毕,和尚咒语急吐,手执桃枝,游走于荒冢之中。阴奴纷纷跳出坟茔,有百数之众。和尚割破双手中指,令阴奴饮之。众阴奴饮血狂欢,狼突而出,劈后院青竹作刀,奔院外匪徒而去。众匪见来者非人非兽,大为惊骇,举刀抵挡,乱作一团。阴兵扑入阵内,挥舞竹刀大砍大剁,看似无锋无刃的竹片,居然锋利无比。而匪众刀斫在阴兵身上,却如切棉絮,不得要领。徐二领着村民站上院墙、柴房顶,揭瓦助阵。匪众又惊又痛,哀声四起。

一场厮杀下来,匪徒死伤十之八九。余者作鸟兽散,逃下山去。阴奴血灵渐消,尽数遁入坟茔,倏忽不见。徐二领着众村民想来拜谢癞头和尚,到了后院,见和尚委顿在石桌旁,早已精血干枯,亡故多时。

驭阴奴之术,亦就此绝迹。

押　镖

○王春迪

老家那儿有句老话，叫"宁愿多走百里路，不愿经过青河铺"。

这青河铺，老早是条官道，道旁还有过驿馆，每日车水马龙，你来我往。后来改了官道，驿馆就撤了，只留下这宽如川、平如滩的老路。不久，两岸密密麻麻地生了些芦苇，风一吹，波浪似的一去十几里，如青河一般，遂有了青河铺之名。

也就在这时，青河铺来了股土匪，匪首名叫乔七，就以这十里青纱帐为掩护，终日拦路抢劫，无恶不作。

且说这土匪有多猖狂吧！早先，顺着青河铺东去二十里，有一山包，山脚下每到十五这天，就逢一"牛绠"，即牛市。说白了就是用麻绠拦一空地，商客在其中做牛的买卖。那时间，山东地界，山多草肥牛羊壮，价格又低，苏北沿海一带常有人到山东贩牛，而这里又紧靠山东，自然成了远近闻名的交易场地。

可这儿，卖同一头牛，上午一个价，中午打八折，下午就压到五折。许多卖牛的，过了晌午牛卖不掉，又不想贱卖，就必须牵着牛急急往回赶。

为啥？因为山东人到"牛绠"必经青河铺，上午行人多，土匪不好出来，待天一暗，人一稀，乔七他们必然要劫道。抢了牛不说，保不准连命都给你收了。

所以，熙熙攘攘的“牛绠”，每次过了晌午，几乎就没啥买卖了。

迫于民愤，历任县太爷都曾大张旗鼓地剿过匪，但收效甚微。

后来，山东有一商家得了一块牛黄，瓦片般大，足有五斤重，谁都知道，同样斤两的牛黄，贵比黄金！商家想把它送到“牛绠”那儿卖个好价钱，但那么大的牛黄，一般人买不起，闹不好要跑个三五趟的，才能遇到个买主，可又保不准哪趟湿了脚，被乔七盯上。

思前想后，商家决定请“九州”镖局的人来。当时，苏北鲁南地区有几家镖局，但唯有“九州”镖局什么镖都敢接，十几年闯荡江湖，还就没丢过镖。

不过“九州”镖局要的价儿也高，镖系分银镖、人镖、粮镖、商镖等，按规矩，如果是商镖，买卖做成之后，要取其货值的十分之一作为镖利。商家一口答应，当即签了镖单。

于是，商家很放心地广布消息，说要在下一场“牛绠”里出售他的牛黄。

果然，十五那天，“九州”镖局刘镖头带着十几个镖师，护着镖车，车上高挂镖旗，一路吆喝着镖号，煞是威风地经过了青河铺，安全抵达目的地。那儿，早已站满了等待一饱眼福的人，许多都是鲁中南、苏北一带大药堂的掌柜，谈了老半天，牛黄最终被济南一家药房的东家高价买下。

可那东家嫌路上不安全，没带那么多现银，要过了青河铺再交易。

那时，路上几乎没了行人，太阳就跟熬了几天几夜的眼睛一样，通红且没有精神。

往回赶的路上，刘镖头突然抬起右手，示意停步，因为前面的路中间横竖摆着两根荆棘条。江湖里，这叫“恶虎拦路”。镖头一旦看到这些荆棘条子，就要准备和劫路人见面了。

只见刘镖头两臂一叉,示意“轮子盘头”,意思是叫所有镖师围着镖车站成一圈儿,准备御敌。然后对着正前方大吼一声:“合吾一声镖车走,半年江湖平安回!”

“合吾”即为同道。随之,就见乔七一边嗑着瓜子,一边慢腾腾地往外走,身后一帮凶神恶煞的土匪一字排开,个个手上握有刀枪。

刘镖师上前一步,恭恭敬敬地报上镖号,递上镖单,说:“小号以走镖为生,此番骚扰,实属万不得已,失礼之处,还望海涵。”

乔七冷笑一声,说:“车过压路,马过踩草。想打这儿过,须赢得了俺手中的家伙,看您也是见过世面的人,何不露两手叫俺们长长见识!”

刘镖头听罢,双手抱拳道:“承蒙看得起,兄弟只好奉陪,但客不压主,先让您三招。”

乔七二话不说,抄起明晃晃的大刀片子,横空就是一劈,刘镖头往后一闪,乔七跟上又是两刀,都被刘镖师左右躲过,再劈第四刀的时候,刘镖师一把抓住乔七的手腕,使劲往后一别,乔七哎呀一声,大刀“咣当”落地。刘镖师顺势对着乔七后背“嘿”地一掌,乔七一个跟头滚出五步远,重重趴在了地上。

等土匪们七手八脚把乔七扶起来,乔七胸脯一挺,竟吐出一口血来!身后的土匪刚要上,被乔七一把拦住:“别坏了规矩,让他走!”

刘镖师把脸往后一别,抱拳道:“得罪了!”

这就过了青河铺。

很快,济南药房的东家果然以高价买走牛黄,刘镖师当晚就拿到了镖银。“把这包银子送到青河铺乔七那儿,路上小心。”刘镖师偷偷嘱咐儿子道。

儿子大惊:“你把乔七打成那样,我去岂不送死?”

“那是我和乔七演的戏,我那点功夫岂能打得他吐血?是他把嘴唇咬破装出来的!”

“啊? 可他咋不抢牛黄哩?”

“干什么都是买卖,当土匪又不是一定要拼命。假如遇到大生意就抢,以后谁还敢走青河铺? 这叫细水长流,懂啵?”

少时,刘镖师的儿子将银子送到乔七处,乔七微微一笑,在大刀片上递了一碗酒过去,说:“告诉你爹,来日方长,今后这条道上,俺就认他这九州镖局了!”

酒过三巡,乔七悄声对身边的人说:“年底了,得备点东西给那斗鸡眼了。”

乔七说的那个斗鸡眼,是这个县的县太爷,乔七逢年过节的都得孝敬他。

杀人者唐斩

○秦　俑

刀　痕

我是一个杀手。我叫唐斩。杀人者唐斩。

对一个杀手来说，叫什么并不重要。但是如果他叫唐斩，这绝对是一种至高的荣誉。因为绝情会是江湖上最大的杀手组织，而杀人者是绝情会中最优秀的杀手。

以前大家都叫我“四七六三”。跟我的朋友“四七九六”一样，这只是个编号。我与这个编号生活了二十六年。

我出生的那一刻就注定了我是个杀手。我十八岁开始杀人，整整八年，两千九百二十二天，我已经记不清有多少人死在我的刀下。每次杀人回来，我就在墙上刻一刀。斑驳的土墙上，新的刀痕覆盖着旧的刀痕，就像我这八年的记忆，伤痕累累。

二十六岁那年，我终于取代了前一任杀人者。他在一次执行任务时失去了两个手指。

手指就是刀客的生命。

月　暗

……七月三十，无月之夜。一个身影从东边飘然而来。他带着绝情会的令牌。他叫绝情使。

绝情使蒙着脸，背驼着，像一张年迈的老弓。他总是匆匆而来，他从来都不多说一句话。他说，七月三十，春香楼，吕温侯。然后又匆匆离去。

我开始用白色的羽毛擦拭我的刀。我知道，今天晚上，一个叫作吕温侯的人将死在春香楼里。没有人知道他为什么会死，也没有人知道他死在谁的刀下。

吕温侯死了。他的血染红了春香楼的绫罗帐。一个娇小的女子缩在房间的角落里瑟瑟发抖。她脸色苍白，很久才向我说，谢谢你救我。

我说，我不是来救你的，我是来杀人的。

但是你救了我。她终于站起身来。她脖子上那枚月牙形的绿色玉石映衬着她脸上的羞涩和委屈。她说，她出来找她爹，被坏人卖到这种地方。

她梨花带雨般哭了起来。哭声轻轻地湿润着我石头一样的心。我握刀的手，在那一瞬间突然变得软弱无力……

她叫月暗。就是从这一天起，她开始为我做饭，开始为我洗衣，开始在无月之夜里为一个男人担惊受怕。

那一次我回来得很晚，我发现我做事不再像从前那样利索。月暗含着泪为我肩头的伤敷药。她说，我们逃跑吧，逃到没有人烟的地方，逃到没有仇恨没有伤害的地方。

我的心像春潮的大海一样涨了起来。我没有回答她。我知道，我肩负着太重的使命，维系着太多的秘密，背叛只会意味着灭亡。

月牙碧玉

八月十五，中秋夜，月圆如盘。

绝情使第一次伴月而来。他看着惊慌的月暗，对我说，要么抛弃她，要么杀了她！

我盯着绝情使。我的刀在月光下微微颤抖。

绝情使抽出了刀。我没想到一个驼背老人的刀会如此之快。即便是我出刀阻拦,他的刀气也已经划破了月暗的胸衣。那枚月牙碧玉被劈成两半,一前一后掉在地上。一前一后,两声脆响。

绝情使握刀的手开始颤抖。

良久,房子里只剩下两个男人粗重的呼吸,还有一个女人惊恐的眼神。

绝情使放下了刀。你们走吧,在走之前,还有最后一次任务:八月十六,赤龙坡,种韭翁。绝情使望了月暗一眼,接着说,任务完成,你们立刻离开这里,离得远远的,永远不要回来。

我又开始用白色的羽毛擦拭我的刀。月暗靠在我身上,手里抚着那裂成两半的月牙碧玉,忧伤地说,那是她母亲留给她的唯一遗物。

种韭翁

八月十六。天晴。

赤龙坡上只有一个种韭菜的老翁。当我看到他的时候,他正弯着腰在菜地里侍弄他的韭菜。

我的刀第一次在阳光下闪闪发亮。

种韭翁看到了我的刀,他没有直起腰来,他本来就是个驼背。他没有像常人一样慌乱,他很坦然地看着我的刀。他在阳光下眯着笑脸。

我失手了。这是我第一次真正失手。因为在出刀的那一刹那,我感觉种韭翁的眼神很熟悉。甚至我已经发现,种韭翁就是拉掉了蒙面布的绝情使。

他出神地看着我,喃喃地问,为什么不下手?

杀的怎么会是你自己?

你杀了我,绝情会就会放过你们。绝情会的规矩,要么你死,要么我死，要么大家都死。

但是我不明白你为什么要死？

我曾经也叫唐斩——杀人者唐斩。杀人者应该是绝情的，但我跟你一样，我也爱上了一个女人。后来我抛弃了她，我才活了下来。

你为什么要对我们留情？

因为月暗是我的女儿。那枚月牙碧玉，就是我送给我女人的定情之物。我已经伤透了一个女人的心，就不能再让她的女儿伤心……

我们可以一起逃，逃得远远的。

来不及了……话还没说完，血已经从绝情使的脖子上汩汩流了出来。

杀人者

一个熟悉的身影站在我的面前。他曾经跟我一块练刀。他曾经跟我一块执行任务。

现在，他手上的刀让我感到心寒。

“四七九六。”我叫他的名字。我感觉到我的声音在颤抖。

你认错人了，我叫唐斩——杀人者唐斩。像刀子一样冷冰冰的回答。

出　师

○邓耀华

嘉庆年间,襄阳一带盗贼猖獗,官府夜夜派人四处设伏捉拿,怎奈一些行走江湖的贼人们轻功了得,即使被发现后,也在眨眼工夫逃得无影无踪,官府的捕快们无可奈何。

这时候,师爷给首府大人出了个主意,请真武山上的一休大师出马,帮助捉拿盗贼,因为一休大师带了两个高徒,就是张三和李四。这张三李四的绝活是甩飞镖,有百步穿杨之能耐,也就是说,在百米之内,无论是天上飞的还是地上走的,只要他们的飞镖一出手,保证百发百中。因此,襄阳一带无人不知张三李四的本事。事关捉拿盗贼之大事,首府大人亲自到真武山上去请一休大师。

听了襄阳盗贼之事后,一休大师爽快地答应了。首府大人高兴地说:有大师的两个高徒下山相助,盗贼们必被手到擒来,襄阳百姓又可以过安稳日子了。

正当首府大人高兴之时,一休大师却说:大人,老衲答应助你,但只能派一个徒弟下山去助你一臂之力,因为我的两个徒弟都还没有出师,没有出师是不能行走江湖的,考虑到捉拿盗窃是安抚一方百姓的大事,老衲就破例让一人先出师吧。

首府大人说:既然如此,一人下山去助我也就可以了。

接着，一休大师邀首府大人观看张三李四的出师考试，首府大人欣然同意，说：我刚好可以开开眼界。

考试就在山上进行。山巅之上扎了两个稻草人，张三李四各持三枚飞镖站在百米之处。开考之后，张三李四各甩出一镖，张三的飞镖射中稻草人的手腕，李四的飞镖射中稻草人的眉心。

第二镖，张三射中稻草人的脚脖，李四射中稻草人的胸口。

第三镖，张三射中稻草人的小腹，李四射中稻草人的咽喉。

虽然各自三镖三中，可是张三飞镖所射中的位置明显不及李四，李四镖镖射在要害之处，可谓技高一筹。

显然，李四出师成为定局。

正当首府大人和众人为李四叫好时，一休大师却意味深长地笑了笑，宣布道：张三出师，即刻随首府大人下山，捉拿盗贼，除暴安良。

一休大师的话一出口，令所有的人都大吃一惊，个个张大嘴巴呆在那里。

吃惊过后，李四首先冲一休大师"哼"了一声，然后道：师傅太偏心了。

一休大师笑着摇了摇头，说：老衲没有偏心，你继续修炼吧，你还没达到出师的水平。

这时，首府大人也出来打抱不平了，说：大师，明明是李四飞镖射得准嘛，这、这、这……怎么出师的却是张三？大师是不是弄错了？

一休大师笑着对首府大人说：大人，老衲虽然老眼昏花，但还不至于昏花到辨不清二人能耐的地步，老衲真的没有弄错，张三真的可以出师了，李四还需要继续修炼。相信老衲吧，带张三下山，他一定会不负所望。

首府大人疑疑惑惑地带着张三下了山。

三个月后，襄阳一带的盗贼悉数被擒，而且他们都是在张三的飞镖射中了手腕、脚脖或小腹之后，再也不能飞檐走壁逃走，而被捉拿的。开堂审理之后，按律定罪，有罪大恶极的判了死刑，次者发配边疆充军，轻者判三五年牢狱，从者打了几十大板，再狠狠地教训一顿，放回去洗心革面。如此一来，首府大人受到朝廷重赏，百姓没了盗贼侵扰，皆大欢喜。

出于感激，首府大人再次到真武山上去见一休大师，当面道谢、奖赏之后，首府大人问一休大师：有一事本大人始终没弄明白，那次出师，李四的飞镖明明比张三射得准嘛，可你为什么不让他出师？

一休大师二话没说，叫来张三，命他再甩三镖出去，看看能不能射中李四所射稻草人的位置。张三遵嘱，一扬手三镖同时甩出，三枚飞镖一枚射在眉心，一枚射在胸口，一枚射在咽喉，与李四当时所射的位置分毫不差。

首府大人目瞪口呆。

一休大师说：看到了吧大人？这就是张三的本事。

首府大人不解地问：那张三在出师考试时，为啥没射中这些位置呢？

一休大师说：大人差矣，不是张三射不中这样的位置，而是他不想射这些位置。

首府大人说：愿闻其详。

一休大师说：老衲倒是要先问一问大人，这次捉拿盗窃之后，是不是按律定罪，当株者株，当罚者罚，当训者训，当放者放？

首府大人说：正是如此。

一休大师正色道：这就对了。假如这次出师的是李四，而不是张三，那么就不会是这样的结果了，那些盗贼个个必死无疑，但他们不是死在刑律之下，而是死在李四的飞镖之下。大人在出师考试时已经看到了李四那凶狠的样子和甩出的飞镖，那可是镖镖都要人命的呀。

首府大人若有所思,说:还是不太明白,大师可否说得更清楚一点?

一休大师笑道:大人,老衲以为,练武之人不仅要练习武艺,更重要的是修身养性,只有这样,武功修为才能达到最高境界。张三不仅在武艺上已达到了登峰造极的地步,而且他的修为也已到了相当高的境界。就用捉拿盗贼这事来说吧,盗贼也分主犯从犯,也分惯犯新犯,有罪大恶极的也有偶尔为之的,所以不能把他们一概赶尽杀绝,这样,也就不能把他们统统一镖射死。人的生命只有一次,死而不能复生,如果不分青红皂白,不该死者也一镖射死,是不是太没道理了?张三悟出了其中的道理,李四还没有悟出来呀,所以,尽管他的武艺也已经是相当高了,但他的修为还不到家,故出不了师。

一休大师的一番话,把首府大人说得连连称是,不由自主地竖起了大拇指,说:大师真乃高人也!

大秦腔

○王　斌

开封“大秦腔”戏班能人异士颇多。郜小林善演花旦，唱腔浑厚深沉，高亢激烈，常有气震山河之势。郜小玉善演净旦，唱腔甜润柔和，嗓音清甜，表演细腻深刻，常常把戏中之人演得活灵活现。班主郜子良更是技艺非凡，每亮绝技，都让戏迷惊叹不已。此三人号称“郜家三雄”，那时已唱红了开封及周边地域。

这一晚，郜子良正和一对儿女研究戏目，驻地国军突然冲进了家门，不由分说，就绑走了小儿子郜小林。

郜子良知道幕后之人是陈麻子。

陈麻子是国军团长，五大三粗，满脸麻子，是郜子良的戏迷。因对本地各家各户人丁情况了如指掌，是个愣头青，因此就成了国军抓壮丁的最佳人选。

小儿子被带走后，家人悲痛的哭声就深深烙在郜子良心底。两年前，就是陈麻子绑走了他的长子郜大林，以致儿子战死沙场，而今两年前的一幕重演，那可是绝对的奇耻大恨。

这一天，郜子良备厚礼拜见陈麻子。陈麻子深感意外，早早迎至客厅，说：“郜老板大驾光临，蓬荜生辉。您可是无事不登三宝殿呀。”

郜子良说：“陈团长多年来镇守开封，我们老百姓才能安居乐业。

算起来，中秋节正好是您的五十大寿。我是想在您生日那天，唱出好戏庆祝一下。人生苦短，能有几个五十岁？团长大人可千万不要推辞啊。”

陈麻子哈哈大笑说：“难得郜老板如此仗义。好，就按你的意思办。”

因为是外埠名角出演，中秋节那天戏院人山人海，好不热闹。

几出大戏演罢，就到了郜子良的压轴戏目《杨七郎》。只见那郜子良扮演的杨七郎唱腔威猛，悲奋异常。想起战死沙场的两个儿子，想起哭坏眼睛的妻子，“杨七郎”把满腔的怒火发泄到了潘仁美身上，吐字如钢怒骂如潮，哇呀呀声威骇人。戏迷耳朵一阵阵发烫，感觉那六尺戏台都在微微颤抖，早已跟着郜子良的唱腔声声入戏，好不过瘾。

台上郜子良把陈麻子骂了个狗血喷头，陈麻子却毫不知晓，听得高兴，大声喝起好来。

就在戏目演至高潮之际，突然几个人慌慌张张冲进戏院，在陈麻子耳边悄悄说话。

陈麻子听了大喝一声：“慌什么，兵来将挡，水来土屯。拎家伙……”说完带人冲了出去。

激烈的枪炮声响了三天三夜之后，开封沦陷。

开封人记得很清楚，那是 1938 年 6 月 21 日。人们被日本人赶到了开封最大的天门广场。当几个被打得皮开肉绽的国军士兵浑身被泼上汽油时，人们晓得，日本人要“点天灯”。

人们分明看到，那个人在点燃的一刹那间像皮球一样弹起来，疯了一般在地上跑。

“小日本，我操你祖宗。”

“杂——种，我做鬼——都不会放过你们。”

“啊——啊——啊！”

"打倒小日本！打倒小日本!!"

那凄厉的惨叫声在天门广场上空盘旋，让人毛骨悚然。

第一个被烧死的人就是陈麻子。陈麻子死的那天开封艳阳高照，却成为开封有史以来最黑暗的一天。

陈麻子死后，郃子良在家里狂饮不停，又哭又笑。一曲《滴泪崖》唱得声沉哀婉，泪如雨下。翌日，强忍悲愤，受邀参加日本人的破城庆典。

上午十时，庆典主持人讲话完毕，接着就是日本艺人的歌舞、武士的表演，后面是开封本土演艺界的演出。

终于，轮到大秦腔戏班子上了。那是由郃小玉挂头牌的秦腔大戏《杨排风》。

演的是北宋中叶，西夏大将殷奇进犯中原，杨门女将兵困双龙谷。佘太君保举杨府烧火丫头杨排风统兵出征。那杨排风本是天波府收养的一个孤儿，性情泼辣，勇敢，管烧火做饭。因平日里常跟穆桂英练功习武，日久天长，练就一身好本事。当时，兵部尚书王饮之婿谢廷芳，大将焦赞对杨排风先锋一职不服，定要与她比试高低。这才有了一出杨排风校场比武，大败殷奇，解困双龙谷的好戏。

只见台上那杨排风功架扎实，武艺非凡似男子，却又嗓音甜润，柔和清丽。一举手、一抬足阳刚之气十足，却又不失女子风范，十分精彩。

这一独特风格让开封戏迷大饱眼福，掌声不断。那些自以为是的日本军官更是看得大眼瞪小眼。正当人们听得痴迷之时，突然之间，就见台上和焦赞比武的郃小玉突然几个漂亮的前空翻之后，像一只美丽的银色大蝴蝶高高跃起，浑厚的男中音响彻开封苍穹："陈麻子，我给你报仇了。"

话音刚落，蝴蝶已落在日本军官人堆中，"哄哄哄"几声巨响炸得日本人血肉横飞……

郜子良死后，每年陈麻子祭日，夜半时分，都有人隐隐约约听到坟前有响亮的秦腔在唱。

锅盔王

○王　斌

1945年8月，小日本投降。

一天傍晚，刘锅盔突然在路边发现一个日本女人。他刷地放下锅盔挑子，把扁担抓在手里。

那女人一身和服脚下木屐，已饿得筋疲力尽。看到刘锅盔，满脸惊恐，用生硬的中国话说："好心的中国人，别杀我。"

刘锅盔大喊："别杀你？你们男人杀我娘、杀我媳妇的时候，我也是这样喊的，可顶用吗？"

"战争结束了，现在除了我的生命，你什么都可以拿走。"女人刷一声扯开了自己衣服，露出雪白的胸脯。

"住手，中国人不是你们日本人，都是他妈的畜生。"刘锅盔转身就走，走出几步，转身返回，把最后那只锅盔拿出来。想想，掰开，扔一半给那女人。

三十年后，在陕西凤翔和煦的阳光下，当刘锅盔翻开记忆深处这一页时，又一次心潮起伏。当时，他不知道自己做得对不对。现在，仍不知道。

村里人记得很清楚，那是一个春日，几个公社干部给刘锅盔带来一个五十多岁的老人。

老人面色白皙，头发花白，谦恭地说："听说刘先生是本地锅盔王，今天我想高价买您一个最好的锅盔，请出个价。"

刘锅盔说："老汉这锅盔本是干粮，怎么能乱开高价呢？这位同志既然这么喜欢锅盔，想必也知道锅盔的妙处吧。"

老人说："传说公元 624 年，唐高宗李治与女皇武则天修筑合葬墓乾陵时，因工程浩大，民工众多，烹食困难，监工士卒便用头盔烙馍，因而得名。锅盔素以'干、酥、白、香'著称，色泽白黄，皮薄膘厚，能煮耐嚼，存放期长。直径八寸像锅盖，厚六分，内瓤起层。锅盔的制作十分讲究，一定要用生铁铸成的火锅，用当年最好的麦秸生火。麦面得是当年的面，经过揉、搽、捏、拍、捻、压、擀等多种手法。等到快出锅时还要撒上新鲜的芝麻，以保证黄里透焦，咬着酥脆香甜。"

刘锅盔喜道："今天遇到高人了。不过嘴皮是一回事，做才见真功夫。"说话间，刘锅盔已净过手，在案板上动作。

个把小时之后，十个一模一样的锅盔就放到了案板上。

刘锅盔远远凝视之后，又走近锅盔，用鼻子闻，用手敲。然后挑出七个，拿起一个两手用力，锅盔就在案板上滴溜溜转。有两个最后停下的时间相同，刘锅盔又拿出一杆秤，一称之下，这才缓缓说："锅盔王出来了。"

那是一个圆如锅盖、焦黄相间、清香扑鼻的大锅盔。

老人惊喜，大声说道："先生真是身怀绝技。您远观近瞅是看火色，鼻闻是分辨香味谁轻谁重，手敲是看是否熟透。您又放在案板上旋转，是看七个锅盔是否用面匀称。最后一称极为讲究，就是看哪一个锅盔烙得最为厚实精妙。"

听老人说完，刘锅盔笑成一朵花："你说得一点不差。今天我刘锅盔遇到知音了，这个锅盔王我分文不取，送给你。"

老人激动异常，嘴里叽里咕噜大声说着话，向刘锅盔深深鞠躬。

刘锅盔心头一咧，急急问道："你说的是日本话？"

老人回过神来，说："是的。我是日本人，名叫松田林太。这次来中国，就是寻找像您一样的锅盔大师。"

刘锅盔一股热血直冲脑门，缓缓说道："中国锅盔制作技艺十分深远，你一个日本人能有这么高的水平，已非常少见了。"

松田一颔首："老先生过奖，谢谢您送我锅盔王。"

刘锅盔淡淡一笑："松田别急。我这锅盔王还有一绝，那就是用刀剁下，刀缝自动合拢，锅盔丝毫不破。"

松田惊喜！

刘锅盔取来一把锋利的菜刀交给松田说："蒙上双眼。这是乡俗，请谅解。"

松田迷惑着，用手摸摸锅盔方位，"砰砰砰"挥刀如飞。待摘下眼带一看，那锅盔早是破碎不堪。

松田大呼！

刘锅盔哼哼冷笑："刽子手怎能留得人间美食！三十年前你们跑到中国来杀人。今天，又打我锅盔的主意？"

松田一听，霎时面如死灰。

刘锅盔又说："看你年龄和这口流利的中国话，就知道可能是侵我国土的日本鬼子。我设计试你刀法，果然娴熟得很。"

松田一听，深深鞠躬，说："三十年前的战争我深表遗憾，我有罪。这次来中国，就是向中国人民谢罪来了。请问刘先生，这锅盔王能让我品尝一下吗？"

刘锅盔冷冷说道："就算让你尝，你沾满鲜血的双手也做不出来。"

松田捏起一小块锅盔，轻轻放入口中。

少顷，松田突然扑通一声深深跪倒在刘锅盔脚下。

众人惊愕!

松田抬头时已泪流满面:“三十年前日本战败回国那几天,我和妻子美子走散。回国后,美子说她在中国遇到一个好心的中国人送给她一块锅盔,凭着那块厚厚的锅盔她才没被饿死。刚才,我品尝了先生的手艺,您的锅盔就是二十年前那块锅盔的味道。我从东北三省找起,找遍了大半个中国。今天,终于找到先生了。”

松田取出一小块早已风干的锅盔。

刘锅盔细细抚摸时,老泪纵横!

暖玉琵琶

○余显斌

仗一柄剑,他走下天柱七十二峰,行走江湖,快意恩仇,剑光过处,血花,如梅花一朵一朵绽放。

他的剑,叫青梅剑。

她,本应陪着他,塞北江南,随意驰骋。可是,她不,扔了剑,一面琵琶,叮叮咚咚,春风花雨,阳春白雪。她的琵琶,以一种蓝田玉镶身,名暖玉琵琶,世所罕见。

他劝道,师妹,走吧,笑傲江湖,领袖群雄,不好吗?

她摇头,劝他,回来吧,隐居天柱山,弹琴长啸,看云游山,悠游林下,白头偕老,多好。

他摇摇头,豪情满怀,一声长啸,山鸣谷应,走出山林,走入江湖。

她,怀抱琵琶,一声长叹,一双清泪缓缓流下。

再回山中,她已成为一尼,一脸素静,满目悲悯。他大惊,叫道:“师妹,你——你怎么?”

她低着头,捻着佛珠,告诉他,他杀伐太过,她感到不安,出家为尼,佛前念经,超度那些亡灵,也替他祈福赎罪。

他摇摇头,苦笑,妇道人家,头发长见识短。离开时,他求道:“师妹,还俗吧!”

她摇头,两滴清泪,沿着长长的睫毛滑下,闪着光,落在地下。她劝他,回到山中来吧,山中很静,很好,鸟儿叫声清亮,草儿一片青嫩。

他摇着头。他,属于江湖,属于剑,属于铁血,属于名利。

他又一次走了,走了好远,回过头,夕阳下,一个人影立在斜阳里,衣袂飘飘,一如初见时。初见时,她多好啊,一笑,笑靥照亮整个江南山水。

山深处,琵琶声又响了,一声又一声,珠圆玉润,如露滴花蕊,雨打浮萍,如花香轻轻掠过心田。

可是,一切都牵绊不住他的脚步。

在江湖,他号令群雄。

在江湖,青梅剑令人惊魂丧胆。

他的心,有时也会回到天柱七十二峰,在铁瓦庵前,仿佛又听到了琵琶声如雨,仿佛又听到了她莲花般洁净的笑声,还有初见时的样子,师哥师哥脆脆地喊着。

可是,他不能回去,一入江湖,身不由己。

其间,也不是没人挑战,青梅剑下,从无走过十招之人。

江湖,在青梅剑下,一片寂然。

他喝酒,舞剑,听着万人呼喊盟主之声,震动山林。他呵呵一笑,在辉煌中,暂时忘记了相思之苦,忘记了她修长的眉、净净的笑。

又一次,有挑战书送来。

对方邀他,在丰阳城苍龙山一战,如果他败了,就让他放下青梅剑。他一笑,心说,胜了呢?

按信上的时间和地点,在那个月圆之夜,他来了,一人一剑,来到丰阳城的苍龙山顶。苍龙山,苍松古柏,山风阵阵,声响如潮。

这儿,正是决战的好地方。

一个黑衣人飘然而至,黑纱蒙面,面对着他,点点头。

他说，可以开始了。

对方点点头，手一挥，示意他出招。他眼光一闪，怒意顿生，在江湖上，谁敢视他如无物？一声冷笑，他剑出如风，白光闪闪，罩住对方：出手就是杀招。

不给挑战者以还手之机，是他一贯的手法。

对方以布帛包裹一件器械，向他砸来。他剑势如虹。“叮咚”一声响，是弦断声。他剑势不衰，刺入蒙面人胸中。他一惊，分明感到，那一剑削的是件乐器，顿时冷汗直流，肝胆俱裂，喊声，师妹，是你吗？

是她，面纱揭开，她口中溢血。

“为什么？”他抱住她大叫，眼眶瞪裂，鲜血流出。

“你要知道，每个人死了亲人，都会肝肠寸断的。”她说，喘息着，轻轻一笑，停止了呼吸。

“师妹，我错了——”他喊。声音，在天柱七十二峰传开，“错了——错了——错了——”

以后，江湖中，没有了他。

天柱山七十二峰有一面山崖，叫天柱摩霄，上面大书一血字“悔”。这字是他写的，用手写的，还是剑刻的，没人说得清。他去了哪儿，也没人知道。

江湖，再无青梅剑。

江湖，也再无暖玉琵琶。

寻　宝

○余显斌

他很年轻，二十二三岁，是圆觉寺的和尚，法名了悟。

始终，他守着佛堂。念经，在佛堂；吃斋，在佛堂；就连睡觉也不离开佛堂。外界传说，佛堂中有无价之宝。

他听了，一言不发，依然敲着木鱼，诵着佛经。

那夜，月明如霜，一叶轻坠，一条纤细的黑影闪了进来。

他的心，轻轻一颤，他嗅到了淡淡的栀子花香。

那个人影闪进来，寒光一闪，一把剑架在他的脖子上，轻声道：“和尚，交出宝物，不然，让你上西天。”声音也寒寒的，透着冷气。

他摇着头，闭着眼，敲着木鱼。

“交出来！”对方再次狠狠地道。

“阿弥陀佛，贫僧一身如洗，哪来宝物？”他轻声道。

对方一剑，他的一截手指落下。他一声不哼，依然轻声诵着佛号。对方愣了一下，道：“拿出宝物。”

他仍摇着头，不发一言。

对方气得骂道：“死和尚，一根筋。”然后，一声哼，身子一闪，走了，消失在月夜中。

他睁开眼，望着白亮亮的月夜，一声长叹。

再一次面对这个寻宝人时，是又一个夜晚。

仍是那个黑衣人，一叶如坠，进入庙中，到处寻找。黑衣人想，那传说中的宝物，看样子不在小和尚的佛堂中，大概在别处吧。仗一柄剑，一身功夫，她搜遍寺庙的每一个角落。突然“哐”的一声响，一道铁门落下，黑衣人被关在其中。

她抽出剑，砍门，不动；挖墙，是山岩。

她绝望了，看样子，自己会死在这儿。她蹲在那儿，满心绝望，等待着死亡的来临。

就在这时，铁门开了，一个和尚走来，正是了悟，说，走吧，跟着贫僧。飞贼默默跟在后面，到了门外，了悟一稽首道：“女施主，别找了，宝物在贫僧处，有一天贫僧会给你的。”

“你怎知我是女的？”飞贼惊讶道，她一直都哑着嗓子。

“你身上的栀子花香，贫僧一嗅便知。”和尚低着头轻声道。

她脸红了，这和尚，也忒细心。她望着和尚：“真会给我？”对宝物，她仍没放弃贪心，有种占有欲。

了悟点头，很肯定。

她递给他一只飞鸽，告诉他，如果想给自己时，飞鸽一放，她就会来拿宝物。

他接过飞鸽，合十点头。她竟然妩媚一笑，闪身走了。

他的心，扑通扑通直跳。

不久，她就接到飞鸽，赶到了寺庙里。

庙里，了悟已经奄奄一息了，是一个叫“无影手”的盗贼来寻宝，抓住了悟，索要东西，没有得到，失望之下，大怒，一刀插入和尚胸中。

她赶到，了悟见了微微一笑，从木鱼中掏出一卷纸，递给她，轻声道：“这——这就是那宝物。”

她带着好奇心，慢慢打开纸，是一幅画。画面中，一个女人，仗着一柄剑,从一头饿虎嘴里救下了一个少年。

她见了,泪流满面,一生之中,她做尽坏事,仅仅做了一件善事,就是在虎嘴里救出一条人命,竟然被画了下来。她看着画,瞪大眼望着了悟:“那个少年就是你?”

了悟点点头,告诉她,当年自己被救时,曾经嗅到,她的身上有淡淡的栀子花香。所以,那晚,她一出现,嗅到栀子花香,他就知道是她。

他带着感激的心情,断断续续说完,头一歪,咽了气。

望着他,她的泪水汹涌而出。她没想到,自己仅仅做了一次小小的善事,竟被他画下来,作为宝物珍藏着,并为之献出生命。

她轻轻阖上他的眼,轻身而去。

几天后“无影手”被人绑着,投入县衙大牢。做罢这事,她飘然江湖。从此,江湖中出现一位大侠,是个尼姑,身上泛着淡淡的栀子花香。

无敌暗器

〇余显斌

张百昭，是武林盟主。

凭借三十六路风雨剑，三十二套截腿，张百昭稳居武林盟主宝座，十余年来，领袖群雄，一时无两。当时，偌大江湖中，可以和他相提并论的，细算起来，也只有梅花庄主梅无计。

据说，两人曾在小平山比试高低，三天三夜，不分上下，最终，结为挚友，携手大笑，传为江湖美谈。

但是，真正说起来，张百昭的武林盟主地位，又不单是靠武功得来。江湖人物，无论塞北的，还是江南的，谈到张百昭，谁不一挑大拇指，由衷地夸一句："张大侠，古道热肠，古今少有。"

这话，不只是别人说，连梅无计也心服口服。

一次，梅无计在"江湖居"酒家，连饮两坛女儿红后，用手指梆梆地敲着桌子，略带醉意地道，张百昭武功虽高，倒不是他最佩服的，因为，数遍千年江湖，仍有对手，而且还不少。可张百昭的那种热心，那种高洁，那种视金钱如粪土，这，在千年江湖中，可以说是绝无仅有的。说完，连连摇头，连连赞叹。

想想，能让眼高于顶的梅花庄主梅无计赞叹，古今武林，能有几人？

张百昭的仗义疏财、视金钱如粪土，也是武林人物有目共睹的。

一次，江湖丐侠白瘸腿有难，张百昭一次就给了一万两银票。一万两，不是小数目。

梅无计见了，笑说："百昭，你啊，银票是树叶啊？"

张百昭笑笑，丝毫不放在心上道："金钱如粪土，友情值万金嘛。"一句话，让梅无计红了脸，无话可说。其他听到这话的人，都暗中跷起大拇指，心说，人格高低，就此一句，已见分晓。

还有一次，一个疯婆子上门，张百昭管吃管喝，临走时，还送了一百两金子。天，一百两金子啊，这婆子，算发了。

那天，张百昭坐在客厅里喝茶。外面通报，老朋友梅无计来了。张百昭听了呵呵大笑，忙迎出来，拉住梅无计的手道："老兄，什么风把你给吹来了？"说完，让座。

梅无计坐下，一盏茶后，告诉张百昭，自己目下有一笔生意，想请张百昭参入。

原来，最近，梅无计得到一个信息，在两尖峰上，发现了一笔暗藏的金银，听人说，是吴世蕃兵败所藏，价值连城。各路英雄，纷纷出动，刀剑相向，都想据为已有。

梅无计想方设法弄到藏宝图，可力量不够，就来约张百昭。说着，梅无计拿出藏宝图，递给张百昭。张百昭看了一眼，笑笑，摇着头，很是不屑道："老哥，你啊，怎么把钱财看得那么贵重……"接着是一声长叹。

梅无计红了脸，问道："你究竟去是不去？"

张百昭摇摇头，坚决不去，说自己最看不起的就是一身铜臭之人，也绝不愿参入此事。梅无计听了，冷冷一笑道："看来，我是一身铜臭之人啦。"说完，站起来，一拂袖子走了。

身后，传来张百昭的长叹："爱财如命，妄为侠客。"言下大是鄙视。

梅无计离开的当夜，就带着一群朋友上了两尖峰。

那晚，峰上月色如水，突然，有一叶轻坠。梅无计听了，忙带着大家闪到岩后，只见一个蒙面人影，灵猫一样，闪上山来，左顾右盼，见没有人，又一闪身，非常熟悉地进入了藏宝洞。

洞里，码满了箱子。

蒙面人打开一个，金光闪闪，都是珠宝。不由得得意非常，揭开头巾，哈哈大笑。笑声中，火光围拢来，如白昼一般，是梅无计和那些武林人士。

火光下，那蒙面人，赫然就是张百昭。

梅无计冷冷道："我终于打败了你。那宝物是假的，我用几百两银子弄的赝品，其余箱子是空的。"

张百昭的脸，一刹那间，死灰一样。

不久，他失去了武林盟主地位，过后，总是长叹："哎，我不是被梅无计打败的，我是被自己打败的。"言下，大是遗憾。

一渡三折

○尹利华

黄河渡口，在暮风卷扬起的一阵漫天黄土中，艄公身披蓑衣，手持双桨，拨起浑浊的河水，小船缓缓离岸。

船尾，坐着一位农妇，相貌平庸，体态臃肿，腹部高高隆起，一看，就知道怀有身孕。

船行至黄河中央，停了下来。农妇一愣，面目猥琐的艄公嬉皮笑脸地凑了上来说："小娘子，该拿渡钱了。"

农妇松了口气，从怀里掏出了二分银子。

艄公接过，顺便摸了摸农妇的手，说："小娘子，这点银子恐怕不够吧？"

农妇面生寒气，或许是怕一双手再次遭到艄公的戏弄，便戴上了一双仿佛是鹿皮制成的手套，又默默地掏出二分银子。

艄公贪心不足，步步紧逼，说："还是不够。"

农妇勉强压抑住自己的愤怒，说："不是说好的，二分银子吗？"

艄公依然嬉皮笑脸地说："是呀，是呀，我是说一人二分银子。可是小娘子你肚子里还有金童玉女哩，嘿嘿……"一边奸笑，一边不怀好意地探出一只黑漆漆的脏爪，肆无忌惮地摸向农妇凸起的腹部。

农妇再也忍耐不住，一声怒喝，声音粗哑，分明是个男人的腔调：

"瞎了你的狗眼！居然向你家智狐爷爷勒索！"说完，从宽大的衣服里面取出一把木柄长刀，刷刷刷，一片刀影过后，艄公身上的蓑衣化为碎片。

艄公面露骇色："您，您就是杀高唐县首富顾乃三一家十四口，题诗留名的智……智狐大爷？"

"农妇"傲然一声长笑，一股杀气盈满双目："正是你家爷爷！"

艄公惊吓过度，双眼一翻，砰的一声，昏倒在船板上。

化装成农妇的智狐，轻蔑地一笑，一脚踢向那昏倒的艄公，喝道："起来！"

谁知道，一脚踢出，还未收回，智狐忽然感觉自己腿上一麻，就再也站立不稳，跌倒在船上。随后，只见那艄公一跃而起，风一般扑到面前，顺势又点了智狐几处重穴后，嘻嘻一笑，拍拍手掌："饶你智狐奸似鬼，也要喝俺龙老三的洗脚水！"

龙老三是大名府最为出色的名捕之一，他出道至今，以龙老三的名字行于世间，据说就是知府大人也不知道他的真实姓名。但是他却屡办大案，不少巨盗顽寇都栽倒在他的手下。

智狐脸上不禁流露出哀求的神色，今天自己撞在了这位名捕的手里，是在劫难逃了。

龙老三一把撕开智狐宽大的外衣，从他腰间取出一个沉甸甸的包裹，打开一看，惊得目瞪口呆，半晌才回过神来，不禁得意狂笑："哈哈，顾家的财宝看来都在这里了！"然后，目露凶光，捡起智狐的刀，说："如果我替顾家报仇，我相信顾家枉死的人一定会对我感恩戴德，一定会答应这些财宝归我所有的，你说是不是？"智狐脸色骇人，目瞪口呆，说："你，你要黑吃黑？亏你还是名捕……"

名捕龙老三嘿嘿一声奸笑，吹了吹刀锋："名捕也要吃喝，也要花销，也喜欢金银财宝。当然，我们之间还是有不少区别的，最大的区别在于，你杀了人，拿了别人的财物，有我查你；而我杀了你，拿了这些东西，却天地不知，无人追查。嘿嘿。今天，你就认命吧！”说完，举刀要向智狐头上劈去。

智狐听完这些话后，忽然一声长叹，道：“高惊涛，你到底露出了自己的狐狸尾巴了。可是，你至死还执迷不悟吗？”

龙老三大吃一惊，举起刀的手，僵硬地停在半空中：“你到底是谁？怎么知道我在刑部的挂名？三爷刀下不杀枉死鬼。”

“你应该知道我是刑部的人，因为只有来自刑部的人才知道你这个名字。”

“这么说，这是个针对我的局？”龙老三强装镇定地问。

“对，这是个局。但并非仅仅是针对你，你只是嫌疑人之一罢了。智狐昨天在大名府被我生擒后，刑部就决定设下这个局。设这个局的目的无非是为了追查一桩悬案。在这几年里发生的前几起重大命案中，几乎所有被通缉的犯人都莫名地失踪或死亡。这些犯人有个共同特征，那就是他们都曾随身携带着大量金银赃物潜逃。但结果是人离奇被杀，所有的财物却一律下落不明。刑部认为在捕快队伍中一定出了你这样的败类，果然不出所料。”

龙老三一阵狞笑：“你就是知道是你家三爷做的，又能怎么样？别忘了，你的性命现在还在三爷我的手心里面捏着呢。”

“是吗？那么你有没有听说过关于智狐的刀的传说？”

龙老三看了看自己手中拿的刀，大惑不解地说：“智狐的刀的传说？”

“江湖人传说智狐的刀只有他自己一个人能用，其他人谁用谁死。智狐的刀，刀柄用天下最毒的十三种毒药浸泡过，摸过刀柄的人无药可救，这就是我刚才抽刀之前要戴上鹿皮手套的原因。你为什么就不感觉感觉你的手呢？”

龙老三果然感觉自己的手渐渐发麻。然后身上慢慢变冷,还没等他落下刀,就扑地栽倒在船上,死不瞑目。

侠　丐

○宗利华

小镇上，当然有悠闲人。

所谓悠闲，得有资本。穷人们为生计所迫，吃了这顿，惦着下顿，能悠闲得起来？卖烧饼、油条的，甩开膀子叮当打铁的，戴着老花镜，虾弯了腰锔盆锔锅锔碗的，这些人，哪有那份闲工夫？

邬先生有。

邬先生什么都不做。人家靠祖上传下来的家业过活。祖上放过外任，虽不得志，但不至于落魄，置些房地产，攒下些银子。到下一代，于做官不感兴趣，但根子扎得深厚，过起乡绅日子。再到邬先生，继续悠闲。

地里活路，自有人打点。主人家不刻薄，下人也不欺负人。到时令，下人吆喝着马车，送新鲜粮食蔬菜水果来。当然，也有银子，规矩地封着。

邬先生干吗？他打牌，逛戏院子。有时，跟官府的人，坐在酒肆里。邬先生生得佛像，坐在那里，稳如磐石。不说话脸上都带着笑。镇上三教九流，都喜欢他。这绝不错，连翠花楼的姑娘，他都结交。给人家拉京胡，弹弦子，也会拂弄几曲古筝。姑娘坐一旁，或听，或唱。罢了，邬先生拱拱手，告辞。

郚先生不行风流事儿。

郚先生说，那是累人的活儿。

小镇上人来人往，杂七杂八。本地人都觉得怪，郚先生是怎么和那些人一见如故的。远远江南一带客商，回去半年，托人捎上等茶叶，请他品评。

镇上人差不多都认得郚先生。好人一个呵！

这天，打镇东头走来一乞丐。

乞丐一闪现，郚先生的目光，叮当一下，落他脚上。乞丐走道儿，脚尖先着地，轻盈一点，身体就弹簧般跃起。郚先生微微一笑，端起茶碗，拿盖儿一抹，轻抿一口，扭头，面朝肩上搭洁白毛巾的伙计，赞，好茶。

茶馆旁边，是王婆子开的烧饼铺。王婆子雇两个小伙儿，与她一起忙。乞丐立住，两脚叉开，伸出手去。王婆子低身，拿起一个火烧，递过来。乞丐不接，手，仍伸着。王婆子的笑僵住，似乎有了怒气，把火烧扔下。乞丐把手伸向小伙。小伙看王婆子。王婆子“哼”一声。小伙子拿起火烧递去，那丐才接了，伸向嘴边。

郚先生拿出几枚铜板，往桌上一叠，站起。小伙计弯腰，郚先生，走好。

随后，街上人见郚先生与乞丐并肩走去。边走，边呵呵笑，都不以为奇。

两人一先一后进了宅院，乞丐四下展眼打量，郚先生一声吆喝，看茶！院内有一株古槐，树盖如伞。两人坐树下，爽爽凉意，从心底升起。遂摆了围棋。有槐蚕飒飒而下，打在棋盘上。郚先生棋面上圆滑无比，左右逢源，却是暗中蓄势，步步收紧。那丐出手凌厉，每每行刁钻怪异路数，却都被一一化解。忽然，乞丐右手一抖，一道寒光，飞到树上，一声惨叫，一只麻雀跌落棋盘。郚先生眯了眼去瞧，那雀儿脑壳上，有一血孔，兀自汩汩地流。

乞丐眉心紧锁。

邬先生笑。

邬先生伸出食指中指，捏起麻雀翅膀，轻轻提到一边。

乞丐双手一摊，我输。

邬先生却问，为何那王婆施烧饼给你，你却不接？

女人本来依赖于男人，我堂堂三尺男儿，怎会求她施舍？

这倒也是。邬先生拈须，点头。

乞丐却说棋，为何我总是无路可逃？

邬先生伸出右手食指，点向乞丐胸口。

两人对视一眼，仰天笑。

树上数鸟，哗棱一声，散去。

自此，两人朝夕相处，一并下棋，一并去茶馆，酒肆。渐渐，也去赌场。庄家见邬先生，连道，稀客。乞丐仍是那身行头，丝毫不见卑缩形态。喝得酣畅时，两人手牵手，沿石板路，晃出一道风致。

一日，两人去野外打猎。乞丐动如脱兔。不多时，两人肩上，多了几只野兔。不料，却迎面撞见一幕丑剧。镇上首富王掌柜的公子，正戏弄一村妇。王掌柜经营赌场，生意做大，阔得不行。儿子仗老子有钱，官府背景强大，不免就狂得变形。村妇被他压在身子底下，像只折翅小鸟儿。

邬先生看一眼乞丐，眼里，透出寒光。乞丐却皱眉，看天。半天，扭转身，往前走。邬先生叹息，竟踏步向那恶少而去。正走两步，呼地立住！只见恶少直挺挺躺倒，脑门上，露出一道血孔。邬先生回头，那乞丐立在残阳中，兀自冷笑。

次日傍晚，两人坐在酒楼靠窗位置。几杯酒下肚，乞丐拱手，我原本一身血案，恐累及先生。此处，已无我容身之地，就此告别。

邬先生望窗外。

对面,一排灯笼,红透半边街道。

乞丐站起,往外便走。不料,行走两步,以手抚按腹部,慢慢弯下腰来。身后,邬先生额角,亦有汗珠渗出,伏在桌上,四肢竟也不能动弹。

楼梯口闪出几名官兵,持刀,面带冷笑。

数日后,乞丐和邬先生被一并绑赴镇外。小镇人多年不见杀人,都拢来,远远地瞧。都看到了两人谈笑风生。都看到了刽子手手起刀落。都看到了两股红晕,直蹿半空。

有女人哭声,漾起来。

箫与江湖

○溜　达

很久以来，我就待在那个角落，安静地注视着狭小空间里的一切。

寂寞，如飘浮于空中的尘埃，无处不在。

我是一管箫，对于不通音律的人，大概还没有一根木棒用途广泛。

我的身旁，静静地卧着几册线装书。

我曾试图同它们交流，可是这些书早就因为寂寞而变得孤僻。寂寞里，我想起了小恋，那个像蝴蝶一样快乐的女人。

桃花岛上，箫声悠扬。

《碧海潮声》曲，催开了满山遍野的桃花。

潮涨潮落。我的主人，早已从快乐的小恋变成眼前的这个年轻人。剑眉星目，一袭白衣。

他就是孤鸿。天下第一剑客，就是他的追求。他已很少来到这儿。一直以来，没有人去打开那扇将春天隔绝的窗户。窗外，明媚的春光无法赶走满屋子的寂寞。

孤单如我，似乎也逐渐变得麻木。

因为这无处不在的寂寞，我似乎理解了那些书的孤僻。

纵马江湖，快意恩仇。

江南，塞北，旷漠，草原。

直到现在，才发觉自己怀念的是桃花岛上无忧无虑的生活。

春天。那时，桃花正盛，小恋却义无反顾地离开了那桃花仙境。

小恋要找一个人。一个想要打败天下所有剑客的人。花开花会谢，花谢花还会开。可是他的快乐，却如流星一般，稍纵即逝。他的快乐，就是能成为天下第一剑客。

小恋要见证他的快乐，分享他的快乐。

小恋走出桃花岛的时候，相信自己可以赶得上孤鸿登顶之前的决战。

小恋见到孤鸿时，他的生命已近垂危。

七心海棠毒，人心更毒！

“江——湖——险——恶——”是他倾其一生的证明。

小恋抚去线装书上的尘土。

那是一本曲谱——《碧海潮声》。小恋掸去我身上的尘土时，我看到了那哭红的眼睛。

是怨？是悔？是痛？是恨？是怒？当小恋将我这管箫放于嘴边，我已明白她所要诉说的心声。在小恋很小的时候，我就已跟随在她的身畔。

一管木箫，是否也有真情？

箫声激越。

小恋手上的力道愈来愈猛，不知道是否会将那仇恨发泄到这管木箫？

这已不再重要。

我所要做的，只是随着小恋的节奏，来抒发她心中的江湖。

小恋寻到那施毒之人时，却遭到了围攻。毫无江湖经验的她，只能束手待毙。

镜湖来了。

刀，如翩翩蝴蝶飞舞在乱花丛中。

飞花坠落。枯叶亦飘零。

那些人的生命便如那落叶飘零于尘埃。春天本不该有落叶……

镜湖说，你的箫。

你的箫声，透出无尽的寒冷。

也许，你的箫应该活在春天里。

又是一年春。湖畔。

小恋看到镜湖的时候，眼神里满是诧异。纤腰细手，双眸清澈如溪，声音亦如那淙淙泉水。这就是一年前的镜湖？这就是那个令多少黑道中人闻风丧胆的女侠？

小恋，笑了。“我现在肯定要埋怨老天为什么不让小恋投胎做男人。”

镜湖嫣然，脸上绽出杏花一朵。

湖畔，丛丛簇簇的花儿尽情绽放。

春风里，蝴蝶在花丛中追逐着春天的影子。

蝴蝶是快乐的，小恋是否也如蝴蝶这般快乐？

一面墙的记忆

○青霉素

日本人开进郏镇的那天,是个冬天里少有的好天气,太阳光温暖地洒在郏镇的大街上,也洒在大街两旁看景致的郏镇人身上。郏镇人棉袄里的虱子似乎也温顺起来,这让人的脸上越发安静。

日本兵是从郏镇的东门进来的,郏镇人首先看到的是他们乌亮的钢盔,太阳光洒在钢盔上就滑到地上,接着看到日本兵的大皮靴,咔咔地踏在郏镇的大街上,踏得阳光四溅。

一个日本兵掏出一把花花绿绿的东西抛过来,散落在郏镇人的脚边,有人说是东洋糖,就有许多人争抢。拾粪的朱三也抢了两个,剥开一个扔到嘴里嚼,嚼出一嘴甜甜的羊奶子味。他和周围的人嘎嘎地笑,羊奶子味在笑声里飘散。朱三又剥开一个扔到嘴里,嚼着嚼着不动了,他看到空旷的郏镇大街另一头,一个人正走过来。

是邬先生。邬先生是郏镇的私塾先生,和女儿一起住在镇西的学馆里。此时的邬先生正一手握书一手拄着竹杖,迎着日本兵的队伍一步一步不紧不慢地走着,阳光下银色的长须飘飘,青色的长衫飘飘。

郏镇人安静起来,他们看到邬先生并不避让越来越近的日本兵,邬先生的目光越过日本兵的钢盔,注视着郏镇的上空。队伍前面的日本兵忽地亮出枪上的刺刀,一步步向邬先生逼近,邬先生依然一步一步走在郗镇的大街上。

爷爷讲这个故事的时候正躺在医院的病床上，说到这里时一口痰憋得他喘不过气来，慌忙给他吸上氧气，慢慢地爷爷平静下来睡着了。本来这几天爷爷的病情稳定，是昨晚的电视新闻让爷爷烦躁不安的。新闻说郗镇市为了长远地发展，将把镇西的老城区全部拆除改建成商业区。爷爷一夜没睡，靠在床上吃力地写字，他说要给市长写一封信。

爷爷的睡姿像一个受了委屈的孩子，戎马一生的躯体显得瘦骨嶙峋，刻着战争印记的脸上还悬着一滴眼泪。一个惊醒，爷爷坐了起来。记忆里的阵痛让他不能入睡，往日的情景历历在目——

一排刺刀插进邬先生的前胸，邬先生倒下去，血染红了他手中的书和竹杖，还有郗镇的大街。

郗镇经历一阵骚乱后也很快恢复了往日的安静，唯一不同的是除了多了一群日本兵就是大街上多了一个疯子。乱蓬蓬的头发遮住疯子大半张脸，一双脏手捧着一个破碗，见谁都笑。她是邬先生的女儿，郗镇人都知道她以前是一个聪慧的女子。她在大街两旁的店铺门口讨饭，也到有日本兵把守的地方去讨饭，她甚至不理会日本兵的狼狗的追咬。郗镇越来越不安静了，日本兵就和他们的狼狗一样见谁咬谁。

拾粪的朱三是喜欢早起的人，这天一大早，他就赶到西门外拾粪。远远地从城墙的一个豁口处朱三看到几个带枪的人急急跑过。他看到女疯子正站在那里，带枪的人跑过去，对她敬礼。

朱三坐在剃头李的铺子里说起那天早上见到的事时，旁边的裁缝张一脸不屑，说，你一定是看花了眼，谁会给疯子敬礼呢。可后来的事证实了朱三的话，也改变了他们的生活。

那一天，郗镇的大街上布满了日本兵的岗哨，一队日本兵推搡着遍体鳞伤的女疯子，不，是邬先生的女儿走来。她的上衣已是一缕缕带血的布条，一根铁丝穿透她的胸，又紧紧捆住她的双臂。翻译官高声宣布她的罪行：这就是游击队探子的下场，她送给游击队的情报让皇军蒙受重大损失。

邬先生女儿边走边痛斥翻译官，并对街两旁的人喊着：郗镇的乡亲们，别再容忍日本人了，我们要把鬼子赶出中国赶出我们的家啊！

恼怒的日本兵当众割下她的舌头，她忽地挣脱出来跑向街边，嘴对着一面墙用嘴里的血写出两个字：中国。然而，“国”字的最后一笔“横”没写完又被日本兵拉住，她又挣脱出来，一头向墙上撞去。国字的“横”补上了，她也倒在那面墙下。

爷爷眼睛看着窗外嘴唇抖动着，泪流满面。

那面墙让郗镇的许多人站直了腰，那天晚上郗镇拾粪的朱三、剃头李及裁缝张等人都消失了，一直到多年后的那个秋天他们才出现在郗镇的大街上。

那个秋天日本兵退却了，游击队进镇的那天下着雨。绵绵的秋雨湿透了郗镇的大街和大街上行进的队伍及街旁站立的郗镇人。队伍走到那面墙前停下来，对着墙和墙上隐隐约约的字痕齐刷刷地敬礼。郗镇人在队伍里看到了朱三、剃头李、裁缝张；郗镇人还透过雨雾看到邬先生正从大街西头走过来，银色的长须飘飘，青色的长衫飘飘。

爷爷的病情一天天加重。爷爷清醒时就念叨，不知市长有没有看到我的信。昏睡中的梦呓是重复的一句话：留下那面墙啊。

爷爷又一次昏睡过去，电视里正播放着市长领着一群人视察镇西区改造的画面。

借刀杀人

○李　蓬

许子龙很生气，但起初后果并不怎么严重。杀父之仇和夺妻之恨历来在江湖上可以相提并论，若是不能报仇雪恨实在是枉来人世。许子龙好歹也算是个响当当的人物，可是老婆林美梅居然给人强暴了，而且许子龙对施暴之人还无可奈何，因为对方的武功比他高。

许子龙看着林美梅终日以泪洗面，忽然咬着牙说："咱们去找郑大炮！"

林美梅止住了眼泪，吃惊地盯着许子龙："听说郑大炮并不是一个喜欢主持正义的人，而且咱们既没有钱，又与他没什么交情。"

许子龙一字一顿地说："就凭你，我相信郑大炮一定会答应的！"

林美梅彻底感到悲哀，她明白男人的意思，郑大炮不仅武功高强，而且嗜好女色。当然郑大炮对女人绝对不会用强，只不过谁要求他帮忙，用女色倒也不失为办法。林美梅长得漂亮，足可以让郑大炮为她报仇，只不过付出的代价也未免太大了。不过许子龙却想，既然老婆让其他男人给上了，就不在乎老婆再被另一个男人睡。

许子龙带着林美梅赶到郑家，见大门紧闭，他费了好大的劲才敲开门，一个贼眉鼠眼的人探出头来，盯着许子龙反复地看，然后便要关门。

许子龙赔着笑脸说:“我有要事求见郑大侠。”

那人说:“老爷这几天正忙着呢。”说着仍要关门。

许子龙的脸上仍然挂着笑:“不知阁下怎么称呼?麻烦您进去通报一下,在下不会忘了您的好处。”

那人再次仔细地打量了一番许子龙,确信许子龙身上不可能带有多少钱财——毕竟银子还是很占体积的,便转头定定地盯着林美梅,说:“我是这里的汪管家,老爷的确有事,你们走吧。”

许子龙忙问什么事,汪管家只管摇头,目光却仍没移开过林美梅。许子龙说:“你是只想告诉在下夫人吗?那就请带她进去吧。”

林美梅哀怨地盯了许子龙一眼,跟着汪管家进了院子。约莫过了一个时辰,院门再次开了,满面春风的汪管家带着委靡不振的林美梅走了出来。林美梅步履蹒跚地走到许子龙跟前,在他耳边轻声说:“郑大侠的女儿也遭遇了不幸——”

许子龙可不在乎郑大炮家里遇到什么不幸,他只是希望能够报仇,于是继续请求汪管家带他们进去。但吃人嘴软的汪管家坚决地拒绝了。原来郑大炮素来风流,老婆也无可奈何。但这次女儿遭到不测,老婆便不依不饶,说是父亲为非作歹,报应到了女儿头上。女儿是在从夫家回娘家的路上遭到强暴的,那里属果州地界,历来武夫众多,郑大炮算不准是谁敢在太岁头上动土,这种事又不好大张旗鼓地追查,更不可能将果州的江湖朋友全都杀掉,是以心情烦躁,自然无心猎色。

许子龙眼珠子一转,计上心来,说:“我知道是谁。”

林美梅顿感吃惊,好在汪管家做贼心虚,并不敢瞧她,是以没有发现破绽。汪管家连忙问:“是谁有这么大的胆子?”

许子龙一字一顿说:“胡擎天!”

林美梅终于明白了,丈夫是想借刀杀人。汪管家便带着许子龙夫妇进去见郑大炮。郑大炮听了许子龙的话,恨声说:“我一定要杀了他,你们给我带路!”

胡擎天看到许子龙两口子带着郑大炮朝自己家里走来,脸色大变,连忙回屋取剑。郑大炮是个火暴脾气,根本不容对方的剑拔出来,便已一剑刺死胡擎天。

一时之间,林美梅忽然觉得空了。胡擎天强暴了自己,为了报仇,自己又失身于汪管家,这笔账,究竟划算不划算?忽然,她的心一紧,他看到郑大炮一剑刺进了丈夫的胸口……

林美梅只觉心在滴血,木然地问:“为什么?”

郑大炮恨声说:“这样的丑事,他居然都知道了!我不杀他,今后还不等着人家笑话我!”他忽然转颜一笑,对林美梅柔声说:“宝贝,跟我走吧,少不了你吃香的喝辣的。”

郑大炮说着便要来拉林美梅,林美梅反手就是一记耳光。她当然不可能打中郑大炮,郑大炮一闪身便让开了。他反复地盯着林美梅的脸蛋和胸脯,最终还是叹了口气,转身走了。

林美梅见丈夫已死,她的心也就死了。本以为自己动手打郑大炮,郑大炮必然会发怒杀死自己,那也正好称了心愿,没想郑大炮并没有杀自己。

她当然不会想到,以风流自诩的郑大炮对女人历来坚持两条原则:一是从不杀女人,二是从不强迫女人。

这次,郑大炮也坚信:林美梅失去依靠,迟早会去找他;若是现在用强,只怕林美梅会做出什么事来。

江　湖

○陈　毓

他的名字叫剑，他一出生就落在江湖里。江湖是什么？对于襁褓中的他来说，就是饿时悬挂在母亲的奶头上，饱了睡在父亲的肩背上。他们行踪诡秘，去向不明，今夜不知明朝醒在哪里——所谓人在江湖，身不由己。

江湖是父母的，也是小小的他的。父亲伟岸的背，显得他的身子格外地小，小如一朵蒲公英的种子。后来他真的就如一朵蒲公英的种子，被命运的风轻轻一吹，飘走了。他落在一个长满了野花和竹子的山坳里，他被一对狩猎的夫妇收养，他成了他们的长子。

这个叫剑的孩子一转眼长到五岁。剑五岁的时候我出生了，我的名字叫鞘。名字是父母赐的。我却一直不喜欢这个名字，觉得它的粗糙无法匹配一个细致、美丽的女孩。

我不知父母的用意。我只觉得奇怪。

剑十八岁的那年，父亲带他出了趟远门，一个月后父亲和剑回来。我发现剑变了。最明显的是他的眼神，他眼神里的世界跟我有着隔世的距离。在以前，这距离是不存在的。

母亲开始日夜不停地为剑做鞋子，做衣服，阁楼上闲置已久的纺车日夜不停地嗡嗡作响。十天后一个日出前的朦胧里，剑跪在父母的面前亲吻父母的脚，又站起来吻他们的脸。剑深深地鞠了一躬，然后背着母亲为他赶制的衣服鞋袜，背一把长剑，走了。

我在窗子里看着这一切，想不明白剑为何单单不来和我告别。心里很难过，也很委屈。难道剑不知道，我是深爱着他这个哥哥的吗？后来我悄然出门，判断剑的去向，从小道追剑。我看见了剑，他踽踽独行，像是藏着很深的心事。不知为什么，他的样子叫我看上去很心疼，我喊：剑。剑回头看我。剑向我走来。剑说妹妹。剑再说妹妹。我看见剑四顾茫然，我想剑是想要留下一点什么东西给我吧。可早春的原野一片空旷，剑找不到能留下来给我的礼物。剑继续前行。

剑走的那一年我十三岁。

我十八岁的那年再次见到了剑。回来的剑跟走时大不一样，他的言语更为金贵，表情如同霜冻，一身寒气，叫人难以靠近。剑几乎不说话。他只有动作，只有身体的行动，就算他在行动，你也看不见他的所思所想，你看不见他的心。只有剑看我的眼光是温暖的，那里有火焰，有光，有爱，有活的气。我很希望剑能一直这样看我。像五年前那样。

回来的剑少了一根手指头，他右手的小拇指不见了。

刚看见的时候我很吃惊，差一点喊出声。但我感觉剑看我的目光突然冷寂，我就忍住了。我想，那该是剑的痛吧。

剑又走了。只是在一夜之后。

依然是只跟父母告辞，一如五年前。

依然是我抄小道去追，一如五年前。

我喊剑。剑回头。剑迎着我走来，剑说，妹妹。妹妹。剑四顾茫然，早春的原野上，剑找不到可以留给我的东西。剑再喊妹妹。妹妹，剑说，如果哥能在五年后回来，妹妹愿意跟哥走吗？

我听见自己的眼泪流下来，我听见自己说：妹妹愿意。

那哥一定会回来的，也许要不了五年呢。哥不会让妹妹久等呢。

我看见剑的脸上，异样的温情和忧伤同时出现。

差一天就是剑走后五年的一个早上，剑回来了。

那是一个奇异的早上，我看见一个身影在院门边出现，逆着光，却仿佛能把所有的阳光都吸附到他身上，我知道是回来的剑。我奔向剑，我拿起他的右手看，那根缺了小拇指的手看上去小了很多。我再拿起他的左手看，剑的左手完好无缺。这让我欢喜安慰。我看剑的眼睛。我看见剑的目光里不再是火焰，而是一片浩淼之水。我在那片水里照见我自己的脸啊，像一朵粉艳艳的桃花。

剑把我搂到他的怀里，我闻到他身上有风的气味，美好得叫我迷醉。

等我再抬头时我随剑的目光看。我看见我们的父母，他们站在屋檐下，用我从未见过的欣然的目光看我和剑，我惊奇地发现他们的头发灰白一片。

我在那个早上接受了剑，接受了我的名字。我明白自己为什么要叫鞘了，因为，在这个世界上，有一个男儿，他的名字叫剑。

很多年后，一个阳光照耀、春风吹脸、野花迷醉的正午，看着我们五岁的儿子在野花丛里捉蝴蝶，剑对我说起他的江湖。我的剑，他依然言语金贵，惜字如金。在他的描述里，我看见那个叫剑的人以天为被，以地为床，闭上眼用凌厉的刀锋割断敌人的喉咙，微笑着面对扑面而来的杀气，不在乎伤痕累累的身体再添新的刀痕……

剑说，他现在只想用他的肩膀把所有的敌意和伤害挡到远处。他只想用他拿惯了利刃的手，为我温柔地画眉。

好 大 雪

○陈 毓

说的是扈三娘,《水浒传》中可数的女人之一。她是个美人,见过她的男人这样描述她:“别的不打紧,唯有一个女儿最英雄,名唤一丈青扈三娘,使两口日月双刀,马上武艺了得……”再看这美三娘出场:“雾鬓云鬟娇女将,凤头鞋宝镫斜踏。黄金坚甲衬红纱,狮蛮带柳腰端跨。霜刀把雄兵乱砍,玉纤手将猛将生拿。天然美貌海棠花,一丈青当先出马。”再看她有怎样的马上武功?“马上相迎,双刀相对,正如风飘玉屑、雪撒琼花。宋江看得眼也花了。”还不够吗?

这个英武了得的女人后来的命运却背离了她的性格,她混迹在有杀亲之仇的莽汉中,甚至当她陷身于一桩滑稽婚姻时,她也哑着,不反抗,连一个冷脸也没给过谁。读书人每每读到这里,总要心生不平。偶然的一夜,却听见一个声音在梦里如此这般地说。

梁山上聚集的那群人,在心藏儒雅的父亲眼里,无疑就是一群强盗。那些外出的庄客偶尔道听途说来的消息加重了父亲心里的反感,作为正经良民,我理解他的情感。他是容不得一个人恃强霸世的,卫国从保家开始,谁让我们住在土匪的鼻子底下呢。

听说梁山上的头目已经有一百多了,他们的身世成为我们议论的话题。

我说，那林冲呢？你说过的，他是不肯同流合污的孤独英雄。父亲说，当然，林冲，也就林冲吧。

听说林冲的名字很久了，知道他叱咤东京的威名，知道他沧州草料场铺天盖地大雪中无路可走的窘迫，知道他梁山上不见容于王伦的尴尬……冬去春来，他的事被匆匆忙忙、奔走不歇的庄客们带来，又带到远方去。我的哥哥和我未来的夫君，那位庄子里骁勇强悍的公子更像是忠诚的说书人，一遍又一遍地言说，把他的经历流传为故事。

“要是能跟他研习枪法，肯定有趣。”哥哥说。“听说他傲气得很呢，他不屑的人休想有近他身的机会，远远就让他用枪挑了。”哥哥又说。

我未来的夫君更是异想天开，他深信林冲的枪要是投到天上去，一定能掷中飞翔的大雁。“要是我能跟他相遇，我就邀请他去打猎。他应该是喜欢打猎的，打了野猪我帮他烧烤。”他认真地说。

不知怎的，我们谁都无法把他归于我们的敌人之列，虽然战争在即，犹如箭在弦上。而两军对垒时，他的脸上会有寒霜一般的杀气吗？

战事还算顺利，一战二战都以祝家庄的胜利告捷。

梁山第三次攻打祝家庄是在黄昏。

厮杀从黄昏开始直到如刀的一弯月亮斜挂树梢。马蹄嘚嘚，耳边的厮杀声渐远，我发现我已经跑出了弥漫庄子的血腥气息，那个伏在马背上仓皇狂奔的黑汉才是我的目标，是的，我要擒拿住他，宋江。我听见风在我的宝刀上弹奏出嗡嗡的声响。

我的奔驰止歇于百步之外的那个人的拦截。我看见他站在月光下，月光照耀黢黑的林地，却反衬出他的明亮。

林冲。那个被喊作小张飞的人！张飞怎能与他相比？

他立马横枪，静在那里，如同被云翳遮蔽的月亮，忧郁却又光华灿烂。

山林一时寂静,连马也停止嘶鸣,只听得见夜的梦呓。我再次听见风在我的宝刀上弹奏出铮然的响声。

他的长枪只一挑,我一阵迷乱,便看见我的双刀柔软如练,幻化成两道白光,弃我而去。我看见我的腰在他的臂弯里,我的脸在他的肩头,在我一生跟他最为贴近的一个瞬间里,我看清他的瘦削的脸,他深邃的眼睛,我看见他低头打量我的脸时,他眼睛里如火把照耀井水的粼粼波光。我闻见他铠甲上有树叶和青草的味道。

我在心里颤抖一声:林冲。

我不知道我命中如墨的黑暗会接踵而来。死了父亲,走了哥哥,那个约定要娶我的公子已先自变成尘土。而那个粗蠢的手下败将却被宋江送了人情,让他变成了我的夫君。世界恍如一张巨人的滑稽的笑脸。

那是我记忆中最寒冷的一个冬天,我手中的宝刀,看见眼泪如夏天的白雨点落在刀刃上,溅出蓝色的火焰。"卿本佳人,奈何从贼?"我的宝刀它在说话。

我和我的宝刀相视而笑,我感觉它温暖地抚慰在我的脖颈上。我听见风呼啸而过,我闻见记忆中树叶和青草的味道。林冲站在眼前。

我看见他被严霜封冻的瘦削的脸,他眼睛里灰一般寂灭的哀痛。我听见他肺腑深处的叹息声。

大雪从天而降,落在两人之间。咫尺天涯,我们是两棵永远无法靠近的树。

梁山上的日子是粗糙、苍白的,我像那个隐忍的人一样深怀心思,如独花寂寞开放。北上南下,急急的征尘中,我是他们眼里那个能征惯战的"哑美人"扈三娘。我想我总有一天是要死的,假如能死在与他一起的征战中就是上天的恩宠了。

这一天总算来了,不迟不早,在它该来的时候来。

这一天华丽盛大，如同我的节日。

你看看我的出场你就明白我的心思："玉雪肌肤，芙蓉模样，有天然标格。金铠辉煌鳞甲动，银渗红罗抹额。玉手纤纤，双持宝刀，恁英雄煊赫。眼溜秋波，万种妖娆堪摘。"

因为节日，就当以节日对待。让鲜血开成花朵。

我在飞翔，恍如多年前。我看见我的眼前银光四射，在赴死的一瞬，我看见头顶阔大无边蔚蓝的天空上只有如花瓣的雪花纷纷而下，携带着树叶和青草的迷人气息。

好大的雪！我听见我情不自禁的感叹声。

一场稀世的大雪消灭了世界的界限。万物的踪迹，只剩下一片白茫茫，大地真干净。

好大的雪！我听见我的声音和他的声音合在一起，不分彼此。

怀天和尚

○何一飞

俗话说天下名山僧占多。宝光寺就在明月山上，明月山下则是俗世的水镇。水镇是个两万多人的大镇，历来是个商贸之乡，甚是热闹，钱庄、米铺、桐油铺样样不少。怀天和尚离开宝光寺改行做了老板，在水镇开了一家叫慈恩堂的药铺。虽说做了老板，怀天和尚仍旧是个和尚样，一袭袈裟，一个受戒头，整日里阿弥陀佛不停。有人叫他怀天老板，怀天和尚连忙双手合十说，罪过，罪过，贫僧乃出家之人，施主千万不要作践贫僧。怀天和尚确实不像个老板，他的药铺请了一位坐堂的医师，一名拿药的药师，外加一名坐堂医师的徒弟，药铺的事全由他们打理。他自己呢？仍旧是手持木鱼斋钵，走四方去大户人家化缘，想是做惯了的缘故。

慈恩堂开了不到一个月，被人砸了牌匾。砸牌匾的不是外人，是水镇的大户张老爷。

张老爷在水镇开有钱庄、米铺、烟馆、当铺等商号。张老爷在水镇有多富？权势有多大？张老爷的管家说，在水镇，就连阴沟里的老鼠都是张老爷家的。张老爷砸慈恩堂不是因为慈恩堂的药出了问题。慈恩堂的药质量好，价格低。低到什么程度？内行人知道那是低到以进价销售，遇到贫苦人家就诊，慈恩堂甚至分文不收。这样开药铺是要贴老本的，怀天和尚怎么维持呢？那就是化缘，几十里几百里的地方怀天和尚都去过。水镇和周边三乡五镇的人都喜欢到慈恩堂抓药，人们都说慈恩堂是个佛堂，怀天和尚是位成佛的和尚。

张老爷带了三个打手到慈恩堂。药铺里面聚满了人。张老爷一看就生气了，只说了一个字，砸！手下人就稀里哗啦地砸开了。怀天和尚不在铺子里，没人阻拦得住张老爷，药铺的人要拦反而被打得血流满面。

在慈恩堂药铺开张之前，水镇只有一家聚源药号，因是独家经营，价格高得离谱不说，药材质量也坏得像杂草粗柴。聚源药号本来是张老爷的聚宝盆，慈恩堂药铺开起来后，聚源药号门可罗雀，张老爷一气之下就砸了慈恩堂。

怀天和尚回来后只看见一地狼藉和几个受伤的帮工，念了一声佛号，也不说话，拿个木鱼径直去了张老爷家。张老爷正在紫檀木的八仙桌旁喝茶，正眼都不给怀天一个，说你来得好，慈恩堂断了我的财路，今天被我砸了，明天还砸，和尚你还是将慈恩堂搬出水镇，不然连保命都难。阿弥陀佛，怀天和尚说，施主对慈恩堂有气，想砸就砸吧，几时想砸几时去砸，贫僧绝不阻拦。

那你来此何事？是要给老爷我赔礼吧。

张老爷是大户人家，听说一向乐善好施，贫僧不是赔礼来的，是特来化缘，不多不少，五百大洋。怀天和尚说着右手往张老爷身旁的八仙桌一按，说佛也有怒佛，和尚也有不怕下地狱的和尚。

张老爷本来要发威，但看看八仙桌，一个掌印深寸许，于是噤了声。

不久，聚源药号关门歇业了。慈恩堂药铺的生意如日中天。可是好景不长，水镇突然发生了瘟疫，传染性极强，水镇人死伤无数。这瘟疫来得怪，是在东洋人的“大鸟”飞来“下蛋”之后不久出现的。慈恩堂倾其所有免费救治,仍是杯水车薪,如果不是宝光寺的方丈极力扶持,慈恩堂恐怕也要关门了。

宝光寺的方丈老了,想换一个新方丈,宝光寺的和尚都推举怀天和尚。怀天和尚却不接受,他对方丈说,师父,长沙战事正紧,弟子虽是佛门中人,心中一腔热血却从未冷过。我决心赴长沙投军,待灭了东洋人再重归佛前。善哉。善哉。

宝光寺的方丈双手合十说,佛佑中华,佛佑中华。

离寺投军的除了怀天和尚,还有十六名宝光寺的和尚。这一年,长沙鏖战正急。

第二年暮春,宝光寺的方丈做了一个梦,梦见一尊金光闪闪的佛,脚踩祥云,降临宝光寺。

方丈梦醒后对寺里的众僧说,宝光寺添了一尊佛。

方丈找人按他的梦雕了一尊佛像,供在宝光寺。

那佛,怎么看怎么像怀天和尚。

照门松

○刘德明

樟树阁皂山道德宫门前的空地上,文天祥与孙道长相对而坐,石桌石椅石棋,一壶香茗放在侧边的石椅上,棋盘旁边两个杯子,茶水绿得透亮晶莹,香气缭绕。孙道长执黑,只见他黑帽、黑袍、黑须,人也黑瘦,精神矍铄,一副仙风道骨的样子。文天祥执白,一袭白色长衫,眼神里透出一种刚毅,又带有几许忧愁。

孙道长落下一枚棋子,看了一眼文天祥,先生心事重重,可否说与贫道听听。

文天祥叹了口气,想我堂堂大宋疆土,屡屡陷于胡人铁蹄之下,大宋子民屡屡惨遭铁蹄蹂躏,每念及此,我夜不能寐啊!

先生说的是实话,可是大人在开庆元年上疏请斩董宋臣、献御敌之计,无人理会;咸淳六年草拟制诰,义正词严地斥责奸相贾似道,反遭罢斥。先生已为大宋尽力,上对得起天子,下对得起百姓,何必再为这事发愁?再说先生是一文人,何妨云游天下,饮酒作诗品茗为乐?

道长有所不知,当年,对策集英殿,天祥以法天不息为对,大宋皇帝亲自选拔我文天祥为第一。其后,虽然遭受一些挫折,但我自当为朝廷效力,万死不辞。

一缕山风吹过,观里的树木发出飒飒的声音,高大的银杏树上掉下来几片枯萎了的叶子。孙道长端起茶杯，先生，树欲静而风不止啊！

正是，我文天祥也希望看到大宋一片安静祥和的局面，那时我也就可以效法李白，写尽我大宋天下美景。可是，时下这种局面，我哪里还有写诗的闲情逸致？忧愁尚且来不及啊！

文天祥站起身来，走出道德宫，看着前面十七棵松树。那是东晋真人丁令威在此修炼时折下的松枝以代香烛，后来长成了参天大树。一棵棵巨松如擎天之柱般直刺苍穹，十七棵松树一字排开，像是一道绿色屏障，正对着道德宫的大门，被人称为照门松。

道长，我文天祥希望就像这照门松一样，日日夜夜为大宋守卫国门，为朝廷把守关口。

孙道长敬佩地看了一眼文天祥，听了先生之言，贫道深感惭愧。

道长在此修炼道术，为民除魔驱邪，造福于当地民众，何愧之有？久闻道长法术高明，精于星相占卜吉凶，可否为天祥卜上一卦？

孙道长哈哈一笑，先生乃一代名儒，又是朝廷命官，如何相信贫道这等微末之技。不敢，不敢。

道长，你我相交多年，但说无妨，就算是戏言也罢。

好，好，算是戏言罢。贫道看先生之相，说吉，是大吉，贵不可言；说凶，是大凶，凶不可说。但能否化大凶为大吉，全在先生一念之间。

文天祥问，怎么是吉，什么是凶？请道长详细说明。孙道长拂尘一摆，摇摇头，此乃天机，贫道不敢泄露。

文天祥告辞的时候，孙道长一直送到鸣水桥。观里的其他道士觉得奇怪，何以今天道长送客送了这么远？这可是第一次。孙道长一连向文天祥道了三声“保重”，郑重地说，谢谢大人为此桥题写桥名，贫道在此等候先生再来品茗对弈，饮酒论诗。

文天祥说，我一定再来拜会道长。山弯处，文天祥的影子消失了，孙道长的眼里忽然掉下两滴清泪。

次年正月,文天祥将全部家产变卖充作军费,在赣州组织义军,开赴临安;八月,任浙西江东制置使兼江西安抚使,知平江府(江苏吴县);第三年正月,任右丞相兼枢密使。后来文天祥被加少保、信国公,达到了他仕途的顶峰。五年后,文天祥兵败五坡岭。文天祥估计这次难以逃出重重包围,为免遭污辱,当即把随身带着的冰片掏出来吞了下去,以求一死,但却没有死成,被元兵俘虏。

一天,元平章阿合马盛气凌人地来到囚禁文天祥的地方,他要亲自看看这位大名鼎鼎的文天祥到底是一个怎样的人。文天祥坐在那里,头也不回一下,阿合马只得让随从把凳子搬到了他的对面。

文天祥,见了本宫你为何不跪?你以为你还是宋朝的官员吗?

文天祥说,为什么要跪?我文天祥一跪天地,二跪父母,三跪我大宋天子。你算什么东西?

阿合马以为自己是胜利者,以一种讥笑的口吻,傲慢地说,你既是大宋宰相,又怎么会到这里来呢?

文天祥嘲讽地说,大宋若早用我为相,必定早挥刀将你斩于马下,岂容你到南方兴兵作乱,我也不会到你这里来。你有什么可神气的!

阿合马大怒,用威胁的口气对左右说,这个人的生死我来决定。

文天祥轻蔑地看了他一眼,大义凛然地说道,亡国之人,只求一死,要杀便杀,什么由不由你!

元世祖忽必烈为文天祥这种宁死不降的精神所感动,临刑前亲自前去劝降,先生如降我,我即恢复先生之相位。先生照样一人之下,万人之上,如何?

难道这就是九年前孙道长说的化大凶为大吉?文天祥回想起孙道长的话,想起了道德宫门前的那一排照门松。哈,哈,哈!文天祥大笑三声,国已亡,家已破,文某之心已死,要这宰相之位何用?

忽必烈感慨地说,于仁,不能杀先生;于义,不可杀先生;于大元江山,必杀先生。先生如此,可是陷我于不仁不义之地啊!

文天祥凛然说道,孔曰“成仁”,孟曰“取义”。唯其义尽,所以仁至,读圣贤书,所学何事?而今而后,庶几无愧。

忽必烈向文天祥长揖到地,从随从手里端过一碗酒,如此,我给先生送行了。文天祥接过,将碗里的酒一饮而尽。

文天祥在大都被杀的消息传到道德宫,孙道长取了三炷香,点燃,向北拜了三拜,长揖到地:先生之气节,可比门前之松;先生之光华,可比日月,可照天地。

宿　命

○天空的天

金兰戏唱得好，但从不去外面唱戏，不接受任何私人的邀请，给多少钱都不去。谁想听金兰唱戏，只能到剧场来听。

一天晚上金兰唱完戏回家，走到半路被人从背后拦腰抱住，并捂住了嘴巴。金兰想喊喊不出来，知道自己是被劫了。

劫她的不是别人，正是土匪头子马九。

金兰吓了一跳。马九贪财好色，恶名远扬，金兰虽然没见过他，但听人说过他。

马九让人给金兰松了绑，让金兰坐。金兰不坐。

马九说，刚才多有得罪，我请你来是想请你为我娘唱回戏。我娘最喜欢听你的戏。

金兰说，你既然知道我，想必应该知道我的规矩，从不在外面唱戏。

马九冷笑一声，来到这里，就由不得你不唱！一边说一边掏出手枪，瞄准两米外的一个酒瓶子，当的一声打得粉碎。

金兰说，你不用吓我，我大不了一死。

马九一愣，没想到金兰的态度这么强硬。

马九说，好，既然你想死，我成全你！

马九举起了枪，对准了金兰的眉心。金兰不慌不忙地闭上了眼睛。好半天也没听见枪响，金兰又睁开了眼睛，看见马九收回了枪。

马九说，我娘快要死了，想听你唱戏。我没办法，才用这种方法把你请来。

金兰不说话。

马九说，我马九杀人放火，劫财劫命，啥事都做过，但是你放心，我保证你给我娘唱完戏，我不伤你一根毫毛地把你送回家。

金兰不说话。

马九说，你不相信我？

金兰说，不是，是我不想破坏自己立的规矩。你应该知道，一个人如果破了他自己立的规矩，那他以后就没法在社会上混了。

马九很生气，刚要发作，忽然进来一个人，说老太太要不行了，让马九快去看看。马九急忙跟着来人跑走了。

宽敞的客厅里只剩了金兰一个人。金兰应该趁机逃走，但她没有逃，她很想见见这个生命垂危的老人，于是鬼使神差地跟着马九他们一起，来到了老太太的房间。

老太太正咳得厉害，喘成一团，马九忙把他娘抱在怀里，拍着他娘的背。金兰想，老太太得的应该是哮喘病，和她娘一样，一口气上不来就过去了。金兰的娘喜欢听戏，听了一辈子戏，自己却没有唱过一句，因为她很早就得了哮喘病，所以娘才让她去学戏。娘临终时让金兰给她唱段戏，那时金兰刚学戏不久，还唱不太好，加上当时心里悲伤，就没唱出来。娘带着遗憾离开了这个世界。金兰很后悔，没有为娘唱回戏，所以才发誓，不为任何私人唱戏。

看见马九的娘，金兰不由得想起了自己的娘，不由自主地开口唱起了戏。屋里渐渐静下来，老太太的咳喘声也在金兰的戏声中渐渐停下来。马九惊异地看着金兰，有点不相信自己的耳朵。

金兰忘情地唱着，一直唱到老太太呼吸均匀，恢复平静，脸上泛起和蔼的笑容来，才收住腔。老太太拉着金兰的手说，你是金兰吧？

金兰说，是。

老太太说，九子说你是他的朋友，我还不信呢。

金兰笑笑。

老太太说，你的戏唱得真好，我以前经常去听你唱戏，后来摔断了腿，去不了了，就再没听着。

金兰说，我再给您老唱一段吧。说着又唱了起来。老太太在金兰的戏声中，渐渐睡去，再也没有醒来。

马九很感激金兰，第二天像他说的那样，把金兰毫发无损地送了回来。马九说，我真想娶了你，但我知道，你就是死也不会嫁给我的。金兰没说话，把马九关在了门外。

金兰回到剧团才知道，她莫名其妙失踪的事已经在剧团传得沸沸扬扬，剧团领导派人四处找她。最着急的是她未婚夫大杨。大杨把金兰所有的亲戚和所有能去的地方都找遍了，也没找到她，大杨很为她担心。

看见金兰回来，大家纷纷围上前，问金兰去哪了？

金兰说，马九请我为他娘唱回戏，他娘死了。

大家都张大嘴巴：是那个土匪头子马九？

金兰说，对，是他。

大家又问：他没把你怎么样吧？

金兰说，没有。他只是想让我在他娘临死前为他娘唱回戏。

大家口里没说什么，但心里都不信。马九好色出名，金兰又这么漂亮，能只是唱戏这么简单？

同样的问题大杨也问过金兰，而且不止一遍。金兰每次都是同样的回答，每次都解除不了大杨心中的疑惑。最后一次，金兰说，你别再问了,我们解除婚约吧。大杨没有反对。

土匪头子马九动过的女人没人敢再动,金兰身边寂寞了很多。

不久,日本人攻占了小城,人们没心思来听戏了,剧团经营不下去了,只好解散了。日本人打听到金兰戏唱得好,就让金兰去给日本人唱戏。金兰不唱,日本人就把金兰抓了起来。金兰被打得半死也不肯为日本人唱戏。日本人气坏了,决定枪决金兰。枪决之前先给金兰做反面典型游街示众。金兰在游街时被一个骑马的人救了。救她的人是马九。

马九把她带到了她上次来过的院子,院子里很冷清,只有一个看守院子的老人。金兰问,你的那些兄弟呢?

马九说,你走后,我就把他们都解散了。

金兰问:为啥?

马九说,因为我忽然想做个好人。

金兰就笑了,说,你怎么知道我今天被枪决?

马九说,从你被日本人抓起来后,我就在想怎么救你,今天是个很好的机会,我们果然成功了!

金兰看着马九,忽然觉得他没那么可怕。

杀 人 刀

〇乔 迁

杀人刀是一把刀。

杀人刀是一把江湖刀客们惧怕而又渴求拥有的刀。

因为,杀人刀可以让任何刀客的头断落。想杀人的人,想得到杀人刀。不想杀人的人,害怕面对杀人刀,害怕被杀,因为杀人刀是用来杀人的。

江湖上哪时哪刻不蔓延着杀人和被人杀的血腥气息。

忽一天,江湖传闻,杀人刀的主人杀人者要退出江湖。江湖上的杀与被杀,无所谓对与错。杀人者杀了那么多人,也没有人计较他的对与不对,有的只是,杀人者退出了江湖,杀人刀归往何处。

江湖上没有人希望杀人刀跟随杀人者一同退出江湖。

河开柳绿,春风渐暖。杀人者决定在清明时节正式退出江湖。

杀人者江湖传书,在退出江湖的那一刻,他将杀死最后一个人。

谁是杀人者要杀死的最后一人呢?杀人刀又将归宿谁家呢?江湖刀客们从来没有过的兴奋与不安。

兴奋的是,谁都想成为杀人刀的归宿者;不安的是,谁都不想成为杀人者要杀死的最后一人。

可是,江湖上谁都有可能成为杀人者要杀死的最后一个人,谁也都有可能拥有杀人者的杀人刀。

清明节。细雨纷飞。

杀人崖。

杀人者端坐杀人崖。

杀人者还是壮年,可杀人崖上的杀人者,却是一头白发,根根银丝在细雨中随风飘散。

杀人崖下的厮杀声越来越惨烈,江湖刀客们为了杀人刀的最后归宿,已急不可耐地开始了拼杀。刀与刀的撞击声,刀客被杀的惨叫声夹杂着丝丝细雨不断地浮上杀人崖。

杀人者痛苦地垂下了眼帘。

杀人者轻轻地飘下了杀人崖。

所有的刀客立刻都停下了手中的刀。

杀人者的杀人刀并没有随着杀人者一同走下杀人崖。

所有的刀客精神都为之一振。

杀人刀不在杀人者的手里,杀人者如何杀人呢?眼前的杀人者,往日仇恨的面容看不到一丝杀气,俨然就是一个和蔼的老人,面对着一群拼死拼活的刀客,茫然而不知所措地注视着。

刀客们等待着杀人者最后的诺言。

杀人者突然一扬手,一道白光从杀人崖急速而下。

杀人刀!有刀客惊呼。

刀客们惊魂倒退。

刀客们稳住脚步,再看杀人者,神情愕然。

杀人刀已然插进了杀人者自己的胸膛。

杀人者死。

刀客们面面相觑,杀人刀杀死了杀人者。

杀人者要杀死的最后一个人就是他自己。

没有人去拔插在杀人者胸膛的那把杀人刀。

缓缓地,江湖刀客们缓缓地跪倒在杀人者的面前。

杀人者用江湖上人人惧怕的杀人刀杀死了自己,就是留给江湖刀客们最后也是最好的忠言。

只要是刀客,只要手中有刀,就摆脱不了要杀人和被人杀。

而天下的刀,本不是用来杀人的,是因为人想杀人了,刀才具有了杀人的功能。

杀人者的刀,在没有成为人人惧怕的杀人刀前,就是一把普普通通的砍柴刀。是因为杀人者用它杀人了,它才成了一把杀人刀。

现在,江湖刀客们手中的刀,又有哪一把不是杀人刀呢?

刀客们丢掉了手中的刀,掩埋了死者,扶起伤者,离开了。

江湖从此不再血雨腥风。

江湖规矩

○乔　迁

江湖上本来是没有规矩的。规矩是人定的，有人在江湖，才有了江湖规矩。

无敌剑客白云飞二十岁时练成了天下无敌剑，便以一柄无敌剑刺遍整个江湖，刺败了江湖上堪称绝世高手的江湖中人，在三十岁那一年成为了江湖霸主。三十而立，即独霸江湖，一统江湖，对江湖人而言，是何等的荣耀。在无敌剑客白云飞加冕武林盟主的那一天，在江湖中人高呼武林盟主白云飞的那一刻，无敌剑客白云飞热血沸腾，一把擎起了手中的无敌剑，立下了一个江湖规矩：拥有无敌剑者，即为武林盟主。见无敌剑，如见盟主。

江湖是活着的江湖，是人的江湖。人是有私心的，也有欲望。白云飞立下如此的江湖规矩，绝不是一时的热血沸腾，也是存有私心的。武林盟主白云飞是想盟主之尊永留白家，代代相传。因为，无敌剑是白云飞的剑，是白家的剑。白云飞百年之后，他的剑还是白家的剑，他的子孙会握着他的剑。

可是，江湖是风云突变的江湖，是争强好胜的江湖，是弱肉强食的江湖，白云飞的私心又哪里能够在江湖中世代相传呢？

江湖规矩传遍江湖，江湖中人就都梦想着有朝一日能够手握无敌剑，一统江湖了。

无敌剑握在白云飞的手中，它姓白，白云飞就是武林盟主。无敌剑不握在白云飞的手里，它就不姓白，白云飞就不是武林盟主。

武林盟主白云飞才知道自己的这个江湖规矩立成了一个大错。

规矩是人定的。人从来没有完美无缺过，规矩自然也会错。白云飞知道规矩定错了，想改变已是不可能了，江湖上的规矩哪能说改就改说变就变呢？更何况，白云飞立下的江湖规矩虽是存有私心的江湖规矩，却也是江湖上人人盼望的江湖规矩啊。

有了这个江湖规矩，江湖上才有看头，江湖中人才有奔头。

从有了这个江湖规矩的那天起，武林盟主白云飞就无时不受到江湖上不断涌起的江湖中人的挑战，每个人都奔着他手中的无敌剑而来，奔着他的武林盟主之位而来。每个人手中的剑虽不是无敌剑，却都是想杀人的剑，是想致他白云飞于死地的剑。而他却不能致每个挑战者于死地，他已是江湖上人人尊称的武林盟主，是有道义在身的武林盟主，他不可以随随便便地杀人，尽管每个来找他挑战的人都想杀死他。

武林盟主白云飞开始在日复一日的拼杀中度过，他手中的无敌剑没有一天不出鞘，没有一天不迎接来挑战的剑。无敌剑不杀人，或是很少杀人，无敌剑却成了人人想要夺取的剑。

白云飞感到了从来没有过的疲惫，是那种身心俱疲的累。可他放不下无敌剑了，无敌剑不在手，他每一刻都可能死去。而且，他还要顾及家人的性命。江湖上的人并不都是豪杰，江湖上想夺取无敌剑坐上武林盟主位子的人并不都想跟他白云飞殊死拼斗。他的家人已成为了部分江湖人夺取无敌剑的目标。在无敌剑和家人两者间，江湖上的一些人总是想让他做出一个选择来。

白云飞不知道那一刻真的到来时自己会做出怎样的选择。那一定是一个人一生最痛苦的选择。不想做出如此痛苦选择的最好办法就是,不让有选择的事情发生。白云飞形影不离他的家人,他不敢离开家人半步,他守候着他的家人,他哪里也去不了了。

外面的世界很精彩。江湖上的许多事他都无从知道了,他成了一个不知江湖事的武林盟主。

白云飞是武林盟主,却不能现身武林,而在家中等待着每时每刻江湖中人的挑战。

白云飞真的累了。白云飞要做出一个了断。

现在,白云飞面对着又一个挑战者,一个也快打遍江湖的青年剑客。面对着青年剑客,白云飞想到了二十岁时的自己,想到了三十岁时的自己,更想到了现在的自己。

青年剑客的剑出手了,似一道闪电直奔白云飞的胸膛。白云飞手握无敌剑,面带微笑,望着飞奔而至的剑,突然一扬手中的无敌剑,无敌剑迎向了青年剑客刺向他胸膛的剑,一声轻微的脆响,无敌剑在碰到青年剑客的剑的一瞬间断碎成无数片……青年剑客的剑已贯穿了白云飞的胸膛。

青年剑客骇惊,赤红着脸责问白云飞,你为什么要震碎无敌剑?

白云飞微笑着,望了一眼插在自己胸膛的剑说,这不也是一把无敌剑吗!

青年剑客抽剑,剑上有白云飞殷红的血。青年剑客把染有白云飞鲜血的剑慢慢地指向天空,仰天一声长笑。

白云飞缓缓倒下。

江湖上又有了一个制定新规矩的机会。

江湖上的下一个规矩不知是个什么规矩。

绝　杀

○乔　迁

一夜间，日本兵把村子烧杀了个精光，除兄弟外，全村老少三百余口无一逃此劫难。日本兵先用枪射，后用刀挑，最后用火焚烧，村子里连个活物都没留下。

兄弟是第二天早晨回来的。他在十里外的一个村子给人帮工，原是打算昨儿个夜里回来的，主人硬是留下多喝了几杯，住了一宿，恰恰就躲过了这场劫难。兄弟回来时，日本兵已经走了，村子只剩下一片瓦砾和一具具烧焦了的尸体，连自己的爹娘和妻儿都辨认不出来。兄弟面对惨状，肝胆欲裂，欲哭无泪，在邻村人的帮助下，埋葬了三百具焦尸，然后就悄无声息地消失了。

一年后，兄弟回到了家乡的县城。跟他回来的还有他的一个兄弟。

当夜，两个出外酗酒的日本兵被杀，人头被挂在了县城的门口。驻扎在县城里的日本兵惊惶不已，县城里日军的最高指挥官竹野极为恼怒，忙派人四处打探是何人如此大胆，敢杀皇军。可一个月过去，不但没查出是何人所为，单个或仨俩出外寻欢作乐的日本兵还是一个接一个地被杀。竹野恼羞成怒，开始大搜捕、大扫荡，杀了很多无辜的人。兄弟为了不使更多的人惨遭杀害，叫人捎了口信给竹野，报了自己的名号，让竹野有能耐把他抓住。

忙乱了几个月，兄弟不但没被抓住，日本兵又被兄弟杀了好几个。恼怒至极的竹野出赏钱五千追查兄弟的藏身之处，即使如此高的赏钱，又是几个月过去了，日本兵连兄弟踪影也没见到。竹野知道，兄弟就在老百姓中间，老百姓不为赏钱所动，不透露一星半点兄弟的踪向。竹野一怒之下，挥刀屠杀了十几名不肯说出兄弟踪迹的老百姓。

兄弟知道后，决定先除去这个残忍凶狠的竹野。但几次行动，都没有成功，兄弟还险遭不测。兄弟和竹野较上了劲，竹野想抓住兄弟，兄弟想除掉竹野。最终，在一次行动中，兄弟中了竹野的埋伏，身负重伤，在他兄弟的拼死救护下，总算脱离了险境。

兄弟被老百姓藏在家中，伤势一直不见好转。这期间，竹野不分昼夜地搜捕兄弟，兄弟都被老百姓安安全全地保护了下来。

兄弟还是被竹野抓住了，是有人把兄弟的藏身地点报告给了日本兵。告密的人竟是兄弟的那个兄弟。兄弟的兄弟领了五千赏钱，就一副奴才样跟在竹野的屁股后面去抓了兄弟。

兄弟被杀害这天，天色阴沉。竹野把全城老少都撵到郊外的执刑场地，观看他们杀害兄弟的情景。兄弟是被两个日本兵拖来的，他面色苍白，无一点血色，连站立起来的力气似乎都没有了。竹野得意地微笑着，趾高气扬地环视四周的人们。兄弟的兄弟则畏缩在竹野的身后，在人们如火怒视他的目光中瑟瑟发抖。

竹野一挥手，一个日本兵拿了一把战刀过来，递给兄弟的兄弟。兄弟的兄弟害怕地后退了一步，竹野就“哼”了一声，兄弟的兄弟就颤抖着手接了过来。竹野又一挥手，兄弟的兄弟就慢慢地朝兄弟走去。

兄弟的兄弟接连几次都没举起刀，脸上已是汗水涟涟。竹野极不满意地骂了一句，走上前来，抬手打了兄弟的兄弟一个响亮的耳光，打得兄弟的兄弟趔趄着后退了一步，站在竹野的身后。竹野狞笑着抽出自己沾过无数中国人鲜血的战刀，在兄弟的脖颈处比画了一下，然后高高举起，嚎叫一声，一道寒光暴闪，兄弟的人头滚落在地——就在兄弟的头颅落地的瞬间，刀光一闪又一颗人头落在了地上，竟是竹野的人头。

刹那间，空气凝固了。所有的人都惊呆了，包括持枪而立的那些日本兵。人们看见兄弟的兄弟凛然挺拔地站立在刑场中，手中紧握的那把刀已断为两截……

凤凰夺窝

〇王伟锋

钧州城西，出了多股占山为王的土匪，打家劫舍，民怨极大。盘踞在西山的，是梁黑子一伙，但梁黑子图财从来不害命，也算天良没有丧尽。

钧州城里的官兵曾多次进山剿匪，奈何西山地势险要，土匪又人强马壮，而官兵粮饷久拖，人心涣散。多次剿匪不成，土匪更是肆无忌惮。

百姓为了生存，纷纷练武自保，一时出了许多有名的侠客义士。这中间，有一人以一副铁弹弓闻名，人称“弹弓奇侠”。此人姓方名贵，双臂结实有力，弹无虚发，百发百中。

方贵的弹弓功夫出神入化。据《钧州县志》记载，几十枚铜钱放一摞，方贵依次用弹弓打最上面的，打掉一枚，下面的纹丝不动。逐枚打完，无一失手。方贵还有压箱底的绝技，人称“凤凰夺窝”，不过一般不轻易示人。

这天，方贵在地里干农活，忽听村里锣声响起，一声紧接一声。他心道不好，土匪来抢劫了。他一撂锄头，扭头就往村里跑，边跑边从腰间取下那副铁弹弓。

跑回村里，方贵吃了一惊。土匪足有三十多人，个个虎背熊腰，背了抢来的粮食，不顾村民的哀声乞求，正牵牛拉羊，大摇大摆地准备撤离。

为首的是梁黑子！光头，黑脸，鹰钩鼻，双目如电，手里一把明晃晃的大刀。

听到锣响，附近的农户聚集了一百多人，拿着镰刀锄头，也有铁锨斧子。狭路相逢，谁也不敢轻举妄动，空气格外紧张。

梁黑子率先发话，大刀一指站在最前面的方贵，道："你算哪棵葱？敢拦爷爷的驾！没听说过俺梁黑子的名号？赶紧闪开！"

方贵双手抱拳道："梁爷，久闻大名。在下方贵，恳请梁爷高抬贵手，给个面子。"

知道是"弹弓奇侠"，梁黑子没把他放在眼里："呵呵，留下东西容易，只要你肯答应俺的条件，咋样？"

"请讲！"方贵不知对方葫芦里卖的是什么药。

"听说你弹弓打得好，俺准备几样东西，只要弹弓能打中，便是你赢。三局，要是有一局你没打中，就算你输。"梁黑子粗中有细，计上心来。

弹弓虽是自己的强项，但也万万不可轻敌，此事关系到乡亲们的财物和自己的声誉。方贵这样想着，坦然应道："那就恭敬不如从命！"

话音刚落，只见梁黑子弯腰捡起一块石子，随手向空中抛去。方贵迅速取出一颗弹丸，把弹弓拉满，石子下落之时，他右手一放，弹丸射出。嘭地一下，准确击中。"好！"村民们齐声欢呼。

梁黑子心里微微一震，又捡起一块石子，忽地向旁边的瓦房上扔去。石子上了房，而后顺着瓦片的坡度，骨碌碌地往下滚。瓦片不规则，石子下落的痕迹实在难以判断，要想打中，绝非易事啊。村民们不禁暗暗替方贵捏了一把汗。

就在石子滚落下房檐的一刹那，一颗弹丸流星般嗖地射了出去，与石子在空中砰然相撞。大快人心，人群中连连高声叫好。

梁黑子不服，第三局，让人找来一面琉璃盘挂在百米之外，冷笑道："该你的凤凰夺窝露面了！"

这项绝技，很多人一直无缘得见。人们睁大眼睛，唯恐错过一个精彩的细节。梁黑子却根本就不相信。什么"凤凰夺窝"？唬人吧！

方贵取出一颗弹丸，沉着地搭弓射去。噗地一下，不偏不倚，弹丸射中琉璃盘的正中心。而且，力度刚刚好，射中之后，弹丸就卡在了盘子里。

众人刚要叫好，又是嗖的一声，一颗弹丸飞过，把前一颗弹丸凿了出去，这一颗居然稳稳地嵌进了盘子正中的洞眼里！

这便是方贵的绝技，凤凰夺窝！一片欢呼声中，就连土匪也忘情地叫起好来。

梁黑子恼羞成怒，大叫一声："雕虫小技！"他颜面尽失，不顾了规矩，提刀直奔方贵。方贵纵身一跃跳开，猛回身射了一弹弓。

梁黑子也不是凡人，听得弹丸飞来，左手一挥，两指间便稳稳地夹住了飞来的弹丸。土匪们趁机连声叫好，想替梁黑子挽回些面子。

梁黑子得意地夹着弹丸，举到面前，哈哈大笑。

恰在此时，弹弓又一晃，梁黑子想再拦，却已经晚了。又一颗弹丸直扑过来，把先前的那颗打出，这颗依旧夹在了梁黑子的指头间！

而且，先前的那颗，居然打进了梁黑子张开的大嘴里。一股怪味袭来，梁黑子慌乱间一抻脖子，弹丸竟然生生地吞下肚去。

又是凤凰夺窝！土匪们吓得魂飞魄散，这身手，指哪打哪，即便打不死人，打瞎你一只眼睛，简直不费吹灰之力！

梁黑子大惊失色，卡着脖子拼命想吐，却怎么也吐不出来，不由得惊惧地叫道："你给俺吃的是啥，怎么不像是弹丸？"

方贵微微一笑:“当然不是弹丸,是药丸! 一味毒药,专门用来对付你等恶人。三月之后,毒性发作,必死无疑!”又话锋一转,“念你素来图财不害命,解散队伍去吧。多行善事,日后或许赏你一服解药!”

梁黑子一声呼哨,土匪们弃了抢来的财物,抱头鼠窜。梁黑子此去,果真解散了队伍,钱财悉数散尽,全救济了穷苦人家。

一天夜里,梁黑子跪在方家门前,请求赐他解药。

方贵隔着门道:“回去吧! 体内没毒,你死不了!”

梁黑子不走,仍苦苦哀求。

方贵叹了一口气:“良心是最好的解药! 实话告诉你吧,那就是普通的弹丸!”

花　婆

〇原　非

花婆一生嫁过三个男人，一个教书先生，一个泥水匠，一个长工。三个男人婚后都不过两年，不是病亡就是祸残。三次寡遇，无需别人多讲，她就知道自己命不好。有了这般认识，她就断绝了一切温柔富贵的奢望，干脆拉根打狗棍，老老实实做起叫花子来。

不想这一讨饭，竟在洛河讨出了名堂。

花婆讨饭不做穷相，依旧像过去一样清爽端正。夏天灰布单衣，冬天黑布棉衣，脚腕那儿长年扎着一副绑腿带，头发一丝不乱地网在发兜里。竹篮碗筷也干干净净，还用一方白布掖紧四角遮了。也许由开始的不习惯而逐渐发展成了一种习惯，她不会喊叫，只朝敞开的大门前一站，静候着主人出来。如碰上狗咬，她也仅抡着棍子在地上划拉着抵挡。主人发现她，舍一块饼或一碗稀饭。她伸了篮子或碗接过，点头一谢，躲到无人处，蹲下埋头吃了，然后来到正在车水的井台上洗碗。如果吃饱了，就在井台上略坐一坐，随后无选择地随便走进谁家田里，帮着做些应时的活儿；如果觉得不足，便拿了新洗的碗筷，再去村里讨要。

花婆总是这么一副姿态，安分自爱。日子一长，人们的意识里就淡漠了她作为叫花子的形象，只把她当作闲人对待。洛河川多水田，人们四季都忙，亲朋间有什么要紧的口信儿，一时腾不出手来，便想到了花婆，就托她十里八里地去传递。无例外地，隔个一天两天，对方就有了准确的回应。进而，人们又大胆地让她捎些小东小西，也毫无差错。再后来，商人们为逃匪劫，竟把携带银钱的事也委托给她。这样下来，花婆终日负载累累的，追着洛河上的帆影或伏牛山上的流云，西来复又东去。

一天清早，花婆为一商贩转送款子，在伏牛山脚下被两个土匪劫了。她尾随着歹徒来到大山深处，走进一座寺院，见着了土匪头子张秀。张秀外号旱螃蟹，水陆两路都有他设的卡子。

花婆向张秀讨款子。张秀从大烟炕上爬起来，双脚点在鞋口里，盯着花婆说："你上我这儿讨钱，你可知道我是干什么的？"

花婆说："你是土匪头子，洛河川没有人不知道。可你立过规矩，不抢邮差不抢贫。我是讨饭的。"

张秀拨弄着手下交上来的一百块银元："你是叫花子，哪来这么多钱？还是硬货。"

花婆说："我替人家送的。"

张秀说："那就不是你的。"

花婆说："可在我身上带着呢。"

张秀一挥手："别跟我啰唆了，走吧。"

"你叫我走就得把钱还我。"花婆迈着小脚上去撮银元，"要不我就没脸见人了。"

张秀一拍桌子上的手枪："你既然是叫花子，还什么脸不脸的，打出去！"

几条大汉一拥而上，架起花婆，凌空丢出山门。花婆挣扎着站起，一句话不说径直朝山崖走去。可惜她力气不足，一跃没有跳到沟底，而是落在不深的一个石牙上，只撞破了头。

土匪把花婆弄上来，撕了她的衣襟替她包扎。张秀看着山门前摔碎的破碗片，抠了一会儿鼻孔说：

“看不出，这婆子还这么重义！把那钱扔给她吧。”

自此花婆出了名，钦差一般在洛河川通行无阻。但她依然固守着一贯的叫花子形貌，到哪儿只讨一口饭吃。

可是，花婆最后还是被人杀害了。她死在一个十字路口，透胸流下一摊血来，棍子碗筷还在身边，只是没了竹篮。人们报了官，县警察局却没来人。

花婆葬后个把月，有怀念者到坟上烧香，意外地发现坟前趴着一个男子。那男子身下一摊污血，子弹是从两只眼睛射进的，而他僵硬的手下就压着两把手枪。竹篮也回到花婆坟上，里边放着白花花二百块银元。

张秀一伙也来人看了那男子，说不是他们的人。人们于是猜测，那男子一定是外来的匪徒，还不知道花婆的善誉，及知道了便深感羞愧，就送还了劫物，自戕以谢罪。不然，他不会灭了自己的眼睛。

地方上贴出告示，要那银元的失主前来认领。过了很长时间也不见失主到来。人们就商议，想用那笔钱为花婆修座庙。庙名都拟好了，就叫义丐庙。这时，县警察局来人了，说要破案，就把那二百块银元作为物证收了去。

案子终究没破。流传在人们口头上的，仍旧是那种猜测。

流　年

○叶　晨

林海,落叶。

父亲在江湖上被尊为剑圣。

古书上说,练剑之人有三种境界:第一种是手中有剑心中无剑,有剑亦如无剑;第二种是手中有剑心中也有剑,人剑合一,此时剑气最盛;第三种境界是手中无剑心中有剑。物物皆是剑,才是练剑的最高境界。

父亲属于第三种境界。

他来找父亲比试的时候,才十八九岁的模样。

为何要与我比试?

报仇。

那就请拔剑吧。

我霎时感觉到剑气逼人。

父亲没有用剑。

就是一个转身,父亲让下的一招,他的剑准确地插入了父亲的心脏。鲜血染红了整个世界。我一回头,母亲也倒在血泊里,脸上挂着绝美的微笑。

母亲最后一次喊我的名字。

迁再。

小巷。泛青。

这是今天新摘的蔷薇花。还是十一枝?

是的。十一枝。一共二两银子。

我付过银子,转身进入庭院。

花香。鸟鸣。

十年来日日插花,日日练剑。终会有一天,我会胜过他。

手中无剑心中有剑。十年来,每一次比试都败下来,只是因为心中无剑,仅有仇恨。

于是我练习插花,让自己平静。

屋檐上挂着一只鸟笼。我养了只绿毛鹦鹉。

扬花。春雨。

我知道你会来。

我知道你会在这儿等着。

那就请拔剑吧。

刀光剑影。此时的迁再已经不再是去年的迁再了。心中多了一样东西。

十年前,父亲让出的一招,他的剑刺进了父亲的心脏;十年后,他让出的一招,我的剑刺进了他的心脏。我听到了一个晶体破碎的声音。

流水。落花。

我胜不了他了。如果不是他让我一招,我不可能会杀死他。

在剑道上，他已胜我。

我方寸大乱。

寺院。钟声。

我去宝林寺找六祖慧能法师。他是父亲生前的挚友。

你报仇了？

是的，我胜了他。

真的胜了？

我沉默不语。

因何而胜？

他的剑不在三种境界之内。手中无剑，心中也无剑。

那他心中有什么？

愧疚。

不是的，是爱。在一年又一年漫长的等待里，他的心中衍生了一种无法解释的东西，就是爱。可是，他选择了死亡。也许因为爱一个人，有时候会放弃爱。因为爱，所以不想成为阻碍。因为爱，所以不想成为负担。你的恨里面，难道就没有一种同样没法解释的，幽暗的爱吗？

我，输了？

大漠。狂沙。

兵临城下。

两军交战，箭戟相见。

我深沉地迷恋上这样的场面，弥天盖地的血腥，像一张盛大的葬礼，埋葬了远古的赞歌。

死亡像一场绝美的吞噬。

忘记了是哪一刻,一股透心彻骨痛彻心扉的冰冷从心脏处蔓延开来,转瞬变化为千丝万缕的疼痛覆盖了整个世界。

迁再。

谁在叫我?

手　段

〇戴玉祥

后花园。

凉亭内。

五姨太坐在桌前;对面,坐着管家王小小。

五姨太目视着面前的紫砂壶,出神。

三年前,那时五姨太还只是个喜欢习武的小姑娘。那天,五姨太随阿爸去武当山,途中,在路边一茶亭喝茶。五姨太清晰地记得,当时她正捧着紫砂壶,大口喝水。一白衣女子闯了过来,二话不说,夺过她手中的紫砂壶,搁到嘴边,咕嘟咕嘟灌了起来。五姨太哪受过如此欺负,拔出月牙剑,向那女子直刺过去,没料到那女子身手十分了得,忽一转身,凌空腾起,张开大口,只见一道光芒直奔五姨太脖颈,五姨太双目一闭,心说完了。这会儿,只听"哎哟"一声,五姨太睁开眼睛,见阿爸倒在地上。五姨太扑到阿爸身上,声嘶力竭地喊着阿爸,昏厥过去。

五姨太醒时,那白衣女子已不知去向。

但五姨太记住了那白衣女子。

凉亭外,全副武装的黑衣女子,人人手执月牙剑,分列两旁,插在炎炎烈日下。三百米处的一棵大榕树背后,躲着一个白衣女子。

传令兵报：白衣女子已进入包围圈。

管家王小小看着五姨太。

五姨太扫眼凉亭外，玉指轻抬：去！

一黑衣女子跨出队列，手执月牙剑，向大榕树挺去。

传令兵报：出阵士兵阵亡。

五姨太面无表情，玉指再抬：去！

一黑衣女子跨出队列，手执月牙剑，向大榕树挺去。

传令兵报：出阵士兵阵亡。

五姨太面挂浅笑，玉指欲抬。管家王小小插话：太太，那贼人躲在树后，不可以如此出战呀！

五姨太似没听见。

又是两位士兵阵亡。

五姨太面露喜色，准备派第五位士兵出阵。

管家王小小突然跪到五姨太脚前，哭陈厉害。

五姨太扶起管家王小小，嘻嘻一笑，玉指忽指：去！

又一黑衣女子跨出队列，手执月牙剑，向大榕树挺去。

传令兵报：出阵士兵阵亡。

五姨太柳眉倒竖：那白衣女子呢？

传令兵报：白衣女子口吐一道光芒后，倒地身亡。

“哈哈，”五姨人人笑，“果不出我所料啊！”

管家王小小一脸困惑，惶问：太太，什么不出所料呀？

五姨太一脸得意：你有所不知，那白衣女子口吐光芒本领，虽十分了得，但一时之内，不可五次。我虽伤五将，可也换得了白衣女子性命，何况……

五姨太端起紫砂壶，倒了两杯，推一杯到管家王小小面前。

管家王小小接过茶杯，连忙问道：何况什么？

五姨太轻呷口茶，说，实不相瞒，这五人都是老爷安插在我身边……

管家王小小会意，跷起大拇指，夸五姨太。五姨太脸绽春色，连连示意管家王小小用茶。管家王小小心悦，端杯豪饮。

俄顷，管家王小小额沁汗珠，心疼如割。管家王小小手扶几案，由牙缝里挤出话来：五姨太，你个贱女人，你与那后生……

管家王小小倒地身亡。

五姨太上前踢几脚管家王小小的尸体，命令手下：拖走！

是夜。皎月朗照。

五姨太挽着年轻后生，在后花园散步。

五斗米行

○云　风

秦五爷买了一套房宅，这房宅坐落在东西、南北交叉路口的西南角。虽在繁华地段，却多年荒废，因其种种缘由，一直无人问津。

这房宅十多年前是一位米商所建，挂牌为“五斗米行”。五斗老板为人忠厚仁义，乐善好施。因当时大户为垄断米源，经常大量收购精米后再高价卖出，使米价飙升数倍后，百姓无力购买而备受饥寒。于是五斗老板立下规矩——凡买米者，一次最多不过五斗，而且价格中庸。一时间五斗米行被广大百姓所拥戴，米行生意经久不衰。

米行对面，交叉路口西北角，还有一处“旺财米行”。米行老板是当时一大户，他经常哄抬米价，牟取暴利，曾多次找过五斗老板说，时下干旱饥荒，天赐的好时机，为何不抬高米价，捞他一把？机不可失，时不再来啊！五斗老板一听，气不打一处来，愤愤地说，你只顾自己赚钱，不顾百姓生死，叫百姓怎么生活？那人一听，不知羞耻地说，人分三六九等，谁让咱是老板，他是百姓呢？五斗老板听罢，勃然大怒道，我原本也是百姓，人富了，也不能忘了本。那人见他一副大义凛然的架势，只得怏怏而退。

回去之后，旺财老板怀恨在心，发誓要拔出眼中之钉。苦于无从找到把柄，旺财老板毒心一横，雇来江湖帮派，一夜间，潜入米行，一阵刀光剑影之后，血腥满地，惨不忍睹。除一儿在外，米行上下，全部惨遭杀害。一时间，案件震动京城，人心惶惶。百姓们更是痛心疾首，愤愤不平，自发为米行上下举行祭奠活动，送葬队伍浩浩荡荡，绵延数里，大街小巷，悲痛连天。

几年之后，房宅因为死人缘故，一直无人居住。旺财老板就买通官府，将房宅据为己有。之后高价卖掉老宅，搬进新宅，得了一笔不小的意外之财。这一切都被秦五爷看得一清二楚，秦五爷嘿嘿笑着，眼睛里却锋芒毕露。

秦五爷虽叫五爷，年龄却只有三十开外。他身穿青衫马褂，头戴黑丝礼帽，常年佩戴一副褐色墨镜。看罢，给人一种肃穆、神秘之感。秦五爷并非此地人，也不知何时，他带着一帮兄弟，神不知鬼不觉就来到此地。起先人们敬而远之，后来见他忠厚仁义、乐善好施，就叫他秦五爷。慢慢地秦五爷了解了“五斗米行”和“财旺米行”的一些往事纠葛。知道了旺财老板的敛财毒辣，五斗老板的体恤民情。由此，秦五爷曾专程去五斗老板的墓前祭奠了一回。

这年，又赶上干旱、饥荒，百姓精神萎靡，难以糊口。而米行老板又将米价抬高得惊人，故此，路上常有饿死之人。上面官府得此民情，特下发粮食数十担，以赈灾情。然而，本地贪官全然不顾百姓生死，全部据为己有，概不下放。秦五爷打探到此事，气得咬牙切齿。看着百姓生灵涂炭，他如坐针毡。经过数日思索，他眉头一展，计上心来……

忽然一日，旺财米行来了几个不速之客，声称有几担粮食急于出手，而且价格低廉。旺财老板见有利可图，眼睛滴溜溜一转，硬是又压了一节价格后，把粮食全部收入仓底。之后，他喜不自禁，大发感慨——这天大的便宜，哪里去找，真是老天开眼啊！

可没几日，官府贴出告示：官府粮库被盗，有提供线索者，赏。自首者，从轻发落。拒不承认，被查出者，灭九族。继而，搜索官兵如星罗棋布找遍了大街小巷，连墙角旮旯全不放过，闹得满城风雨，鸡犬不宁。旺财老板得知此事，顿感不妙，赶紧盘查收购粮食。果见粮袋之上有官封痕迹，顿时通体冰凉，如掉无底深渊。待他反应过来，官兵早已蜂拥而入，将米行围了个水泄不通……

偷粮之事，不但财旺米行被灭九族，而且惊动上方官府。上方官员多次督促，赶紧下放赈灾之粮。故赈灾粮不能隐瞒，全部下放灾民，人们躲过了一场饥荒之灾。后来秦五爷又通过渠道，将荒废了几年的米行房宅，买在自己名下，重新开了一家“五斗米行”。米行还按旧时规矩：价格中庸，凡买米者，一次不过五斗。霎时间，百姓拥戴，家喻户晓。

开业当天，那是人山人海，锣鼓齐鸣，热闹非凡不亚于节日庆典。米行之内，八仙桌环绕而放，鱼肉美酒，尽情享用。人们或说或笑，拉家常、扯大戏，全像在自家一样。这时，有一人注意到：米行前台上方，有一祭台，祭台上有几个牌位，其中一个上写：尊父，秦士民。就问一老人，这秦士民何许人物？老人先是没有在意，细细思索之后，猛然高呼，这秦士民不是十几年前被害的五斗米行老板吗？难道秦五爷是……

众人听罢，一片惊呼！

正疑惑间，忽见秦五爷从里间缓缓而出，一年轻书生尾随其后。

秦五爷拱手作揖招呼各位后，拉过年轻书生道，此人乃原五斗米行老板秦士民之子秦歌，现将五斗米行“完璧归赵”，望其能恩泽百姓，光宗耀祖。

众人听罢，又一片惊呼！

九　姑

○刘　泷

九姑脚大。

这在窑沟是出了名的。

其实人们背地里都管她叫大脚九姑。

那年代,女人小时候要裹脚,用一丈八尺长荇草般的白布条像包粽子一样将脚掌裹起来,小巧玲珑的一团,活色生香,供男人欣赏和把玩。九姑八岁就成了村中焦大的童养媳,过门不久,婆母便拿出了两条备好的裹脚布,捆猪一样将女孩的两脚绑了个结结实实。女孩九姑说:“娘,不要绑啦,我以后还要上山挖猪草、下田薅苗禾啊。”婆母毫不通融,说:“不成,这是祖上的规矩。”九姑声声喊疼,婆母还是铁青着脸将布条缠到了尽头。九姑喊:“疼死我了,我不活了!”婆母劝道:“好孩子,咬咬牙挺几天就过去了。”九姑喊:“我不!”婆母想,胳膊还能拗过大腿吗?孙猴子还能折腾出如来佛的掌心?就不再理睬九姑,兀自去纳鞋底。

但九姑直挺挺躺在炕上绝食了。她一躺就是三天,汤水不进,任谁劝说都是枉然。第四天,婆母慌了,儿子娶个媳妇不容易,再说怎么着也是条人命啊!婆母给女孩煮了两个鸡蛋,哀求着说:“丫头,起来吃了它,咱不要那裹脚布了。”

九姑即刻爬起来，把那两条破布扯下来，用剪刀剪了个七零八落。

从此，九姑的大脚无牵无挂，突飞猛进，就成了大脚九姑。

大脚九姑有了这不雅的诨号，也就长大成人了。

以前，九姑的男人焦大爱赌，九姑背地里曾多次劝说，但收效甚微。一日，见焦大又去赌博，九姑跟踪而至，焦大正在尽情地掷骰子，一脸得意之色，九姑上前，二话没说，抡起自己纳的千层底布鞋打焦大的手，并厉声喝骂："让你赌，让你赌！"直至将鞋底打飞。他人正要看九姑将没鞋穿的笑话，九姑已上前将焦大扳倒在炕，扒下男人的一双布鞋，穿在自己脚上就橐橐地走了。

九姑在家里村里就拔了尖儿。

一天，一群日伪军荷枪实弹将窑沟山坡上的煤窑包围了，说要抓八路。日伪军将窑工们推推搡搡押到了村中的谷场上，让村民去认领自家的亲人，说没人认领的就是八路，要带走。

窑工都是窑沟人，很快就有了归属，但让窑沟人惊异的是，谷场上居然真的剩下了一个穿白羊皮袄的男人，那男人很年轻，有些瑟瑟发抖。日伪军官狰狞地笑了，说："带走！"

这时，手提野菜篮子的九姑冲进人群，喊："他是我弟弟，谁敢带走！"她上去拽住年轻男人的手，扭头就往外走。日伪军官手握战刀挡住了九姑的去路，问："他的，你的亲弟弟？"九姑回答得理直气壮："不是我亲弟弟我领他回去干啥？"日伪军官单刀直入，说："我看他像八路！"九姑瞅了瞅那个男人，又瞅了瞅日伪军官，镇定地说："太君，你看他那胆小的样子，像八路吗？"日伪军官是个中国通，突兀地问："都春暖花开啦，他为什么穿件羊皮袄？一定是被大日本皇军困在山里的八路！"九姑回答得更是咄咄逼人："我们穷苦人有件衣服遮体就不错了，管它春天夏天？"军官挥了挥手："搜！"几个日伪军就围住了那个年轻人搜查。之后，他们说："报告太君，他身上的，什么也没有!”九姑再次拽起年轻人的手说:“走,回家!”临行,她居然气冲冲地对日伪军说:“吓坏了我的兄弟,就去找你们算账!”

在她凛然的气势面前,日伪军竟然闪开了一条道。

其时,焦大和村民的手心都沁出了汗水。那个陌生人果然是八路。新中国成立后,那人做了高官,派车到窑沟接九姑到城里享福,九姑却说:“我当时不知你是八路,我是看不得小日本欺侮中国人。”

九姑后来没有离开窑沟。

响马盗

〇蔡　楠

刘六一开始其实不是响马盗,他是缉拿响马盗的。只是后来才成了响马盗。这我最清楚。

我是明正德五年夏天与刘六相遇的。我们相遇的地方是离白洋淀不远的刘家圪。那时,我是来自蒙古草原的一匹军马。我和成百上千匹军马一同被官府分配给村民寄养。朝廷在直隶推行马政制度,刘家圪不得不把农田改成了牧场。望着绿油油的庄稼苗成片成片地毁坏,种上了牧草,村民齐彦名一拳头将牧场砸出了一口土井。他雄壮的眼泪哗哗地流进了井里,填满了整个井口。他的身后,村民们这样的泪井连成了一片。

而刘六没有流泪。他喜欢马。他见了我喜笑颜开，铁塔一样的身体一下子骑到了我的背上。我被这突如其来的袭击惊乍了。我四蹄生风，鬃毛尽竖，硕大的头高昂着，乌云般深长的廓胸抖动着，嘴里发出一声声尖锐的嘶鸣。我想把这个黑漆的汉子摔下来，然后用我的四蹄去践踏他，然后骑上他，让他来当我的马。可光着膀子的刘六却像粘在了我的背上。我不得不听从他的调度。我被他的强悍所征服。

我被刘六拴在了他家的木桩上。我听见他在院子里大声吆喝,好马,好马啊！老七,快,把上好的草料给马拌上！

比刘六还高半个头的刘七端着筛过的草料过来了。他摸摸我的头,摸摸我的臀,像摸他的新媳妇儿一样。嘿,哥,这马比我养的那几匹强多了,简直就是一匹望云骓呢！

于是我就叫了望云骓。

我的主人是官府。但这不妨碍我和刘六成为好朋友。他饲养我,放牧我,在我的背上使棍棒,拉弓箭,练刀枪。有时候,还和刘七立在马背上练对打,练擒拿。把我和其余几匹马搞得威武野性,斗劲十足。

并不是所有的军马都有我们这样的幸运。那一年,皇室庄田不断增加,农田不断减少,加上夏季大旱,牧场草料锐减,许多农民无力饲养军马,种马饿死不少,自然马驹也就不能按时缴纳给官府。死了马还要赔偿,卖田产鬻儿女也要赔偿。为了活命,齐彦名就拉起一竿子人马,在白洋淀边做了响马盗。

开始,齐彦名是想拉刘六兄弟一起入伙的。可刘六回绝了他。刘六说,大丈夫骑射习武,是想报效朝廷,边关立功,怎么可以图一时的快意,去做响马呢！刘七也说,我哥说得在理,做响马可惜了他的望云骓呢！

齐彦名说,谁不想有个功名？可当今皇帝荒淫昏庸,宦官擅权,民困已极,庐舍几空。生且不保,何谈报国呢？说完,齐彦名长叹一声,别过刘氏兄弟,打马而去。

不久,刘六刘七报效朝廷的机会来了。明廷遣御史宁杲来此当了捕盗御史。哥俩便被招募入衙,协助擒捉盗寇。我就跟着刘六做了校尉。我马不停蹄,几月踏尽了直隶大地。刘六连着破了几个大案,也把响马齐彦名赶进了白洋淀里,让他由响马变成了水马。

直隶地面一时太平。我就被宁杲赏赐给了刘六。同时赏赐给刘氏兄弟的,还有许多银子和布匹绢纱。刘六命刘七把银子和布匹绢纱分给了刘家圪的村民，然后带着家眷来到京城，在朝廷当了侍卫。刘七穿上正式的军服，喜滋滋地对刘六说，哥，亏了咱没跟齐彦名去做响马，要不咱还在那乡间泽野当流寇呢！刘六正色道，老七，瞧你这没成色的，给你个侍卫就不知东西南北了，我的志向是当骠骑大将军，骑着望云骓铁马金戈驰骋疆场！刘七就赤红了脸，蔫蔫地喂马去了。

刘六的将军梦断在了梁洪的手里。梁洪在一次酒后拦住了刘六和刘七。梁洪抓住我的头，我灵敏的鼻子闻到了浓烈的酒气。我听见梁洪醉醺醺地说，刘……刘侍卫，听说你们哥俩缉盗有功，受了许多赏赐，我这些天手头紧张，能不能借一千两银子花花？以后，我会向我干爹刘瑾举荐……举荐你们！

刘六下得马来，把梁洪的手从我的头上拿开，没有说话。刘七却放马过来，猛力把梁洪冲倒，大声嚷嚷，你是什么鸟人？敢勒索刘爷爷？漫说没有银子，就是有，放了赈济也不会给你这狗仗人势的东西！

刘六扶起梁洪，掸去他衣服上的泥土，赔着小心说，梁大人，我是受了些赏赐，可都分给了村里的百姓了。实在是拿不出那么多。这样吧，你以后的酒钱，就记我的账好了！

梁洪啪一巴掌就掴在了我主人的脸上。我冲上前去，想用后蹄踢他，主人却把我拦住了。我只有闷闷地随他回家。

大宦官刘瑾出场了。他把宁杲叫到了京城，又在皇帝面前告了一状。刘六刘七就由侍卫变成了响马盗齐彦名的内线。证据就是刘七送给齐家的银子和布匹绢纱。

刘六刘七被关进了监狱。刘家被抄掠一空，老少男女尽遭杀戮。

只有我乘云而奔逃出了京城。我的哀鸣引来了响马齐彦名。我带着他星夜来京，浩大的响马队伍从白洋淀冲到了北京城，冲到了法场，救出了刘氏兄弟。

想当将军的刘六刘七就这样当了响马盗。他们扯起了义旗，义旗上醒目地绣上了两行大字:虎贲三千,直抵幽燕之地;龙飞九五,重开混沌之天。

柳菖蒲传奇

〇蔡　楠

那年春天，我爷爷柳菖蒲提着两尾活蹦乱跳的红鲤鱼，从七间房去赵北口水葫芦武馆拜师。他兴冲冲地走在千里堤上，哼唱着渔家小曲儿，欣赏着柳绿鹅黄，看着红嘴儿水鸟在苇尖上跳来跳去。我爷爷的心里装满了春天明媚的阳光。他根本不会想到一场羞辱正疾风暴雨一样等待着他。

我爷爷在武馆的操练场上见到了水葫芦。那时候，水葫芦正在教两个徒弟练顶肘和跺脚。水葫芦裸着背，汗珠在他背上滚动着，像白洋淀荷叶上的露珠一样晶莹。他的肘船桨一样有力，一下子就把徒弟顶翻在地，他的脚蒲扇一样宽大，一声呐喊，一抬一跺，那操练场就有了一个深深的洼坑。我爷爷"咕咚"一声就跪倒在洼坑旁，头抵住了洼坑，大声说道，水大师在上，徒儿柳菖蒲前来拜见！

水葫芦一屁股坐在椅子上，一口气喝了两碗荷叶茶。然后慢吞吞地说，柳菖蒲？你怎么就成了我的徒儿了呢？

我爷爷把那两尾红鲤举过头顶，水大师，徒儿做梦都想成为你的徒儿！

大蓟，小蓟，水葫芦喊着那两个在地上喘气的徒弟，起来，把那鱼接过来吧！

大蓟起来，接过我爷爷头顶上的红鲤。望了我爷爷一眼，就来到了水葫芦面前急急地说，师傅，你看，这家伙满头秃疮，还流着脓水，这鱼怎么吃啊？

小蓟抢过鱼来，摔到了我爷爷的头上，你撒泡尿照照自己，就这德行还来跟我师傅学武术？

水葫芦摆摆手，算了算了，既然来了，就让他去厨房打杂吧！

两尾红鲤在地上张了张嘴，不动了。我爷爷的眼泪就流了下来。

我爷爷把头用白羊肚手巾包裹起来，也把自己的激情包裹起来。他除了在厨房打杂以外，每天还帮着打扫武场，收拾武术器械，还要为师父水葫芦和师兄弟大蓟小蓟们打水烧茶。没人教我爷爷练武，他就偷学。那天晚饭前，我爷爷正在一边烧火一边模仿着水葫芦的招式练习拳脚的时候，大蓟吆喝着进来吃饭了。他把我爷爷头上的白羊肚手巾一下子扯了下来，塞进了灶坑，柳秃子，饭还没熟，你在这里偷懒，看我不告诉师傅去？

我爷爷就捂着脑袋跑出了武馆。他踹了一脚武馆的大门，声嘶力竭地喊道，水葫芦，大蓟小蓟，老子走了，你们等着，老子外出学艺，二十年后回来见个高低！

我爷爷家也没回，就连夜走出了白洋淀。他去过沧州，下过天津卫，闯过东三省，遍访名师，苦练武艺。他练过劈挂、螳螂、形意，也练过戳脚、弹腿、太极，他综合这些功夫，给自己的一身武艺取名叫“太极元功拳”。

我爷爷是在二十年后的春天踏上家乡的土地的。他急着要去赵北口武馆实现他的诺言。但却在千里堤上遇到了大集。他随着人流来到了牛市上，看见人头攒动，呐喊喧闹。通过头与头的缝隙，他看见一个牛商和牛行老板正扭打一个老汉。便抓过一根竹篙，一个陆地撑舟，从人们的头顶落到了人圈儿正中。我爷爷亮出挑袍双掌，止住了牛商和牛行老板的手，有话好说，干吗打人？牛商说，这老头买牛少给钱。牛行老板说，这么好的牛，讲好了价钱他却不要了，不要不行，不要也得要。我爷爷就扫了哆哆嗦嗦的老汉一眼，围着那头牛转了一圈，用手掐了一下牛皮，那牛皮立即破了一个口子，牛血就流了出来。我爷爷就对众人大喊，你们看，这牛早已经糟烂不堪，怎么能够强卖给人家呢？

牛行老板和牛商一使眼色，俩人饿虎扑食，向我爷爷扑来。我爷爷身子一蹲，先是猛虎抱头，而后猿猴亮臂，回身一个荷叶掌，分开五指，在牛商身上画了一个圆，再看那厮，身上衣服已成条缕。众人惊呼间，我爷爷退步穿掌，顺风扫雪，一把抓住牛行老板提在半空，甩出丈余，正砸在衣不蔽体的牛商身上。我爷爷狮子抱球、龙形撤步，用脚尖踏住两人的肚子，厉声说道，大蓟小蓟，你们知道我是谁吗？

你是……是秃疮……

胡说，你们看我还有秃疮吗？我爷爷摘下了帽子，一头黑发茁壮地长在他青春的头顶。

我爷爷和水葫芦比武定在赵北口十二联桥上。桥下是波光粼粼鱼跃鸟飞的白洋淀。桥上是白发飘曳背驼腰弯的水葫芦和孔武有力英姿勃发的我爷爷。大蓟小蓟们远远地在桥两旁观看。水葫芦上步，右下塌掌左手挑旗。我爷爷迎门搬捶，上步拈手。水葫芦单臂擒羊，我爷爷金鸡抖翎。水葫芦白鹤亮翅，我爷爷平地穿鱼。水葫芦猿猴献果，我爷爷虎站山冈。水葫芦撤步上下单划手，我爷爷转身左右蝴蝶拳。二人比到一百回合，我爷爷招式一变，拳风凛冽起来。只见他大劈大挂，起落钻翻，密如风雨，快如抽鞭，势如大河流水，奔腾咆哮，一泻千里。直打得水葫芦眼花缭乱精疲力竭，在我爷爷的拳阵里无路可逃。水葫芦悲怆地喊了一声："柳菖蒲，我当年对不住你。"一喊完，他就越过桥栏杆，倒头扎了下去。

水葫芦没有死。我爷爷把他救上来之后,他赤身反绑,自插荆条,跪在武馆门前。我爷爷和大蓟小蓟把水葫芦搀到正堂,给他松了绑绳,拔了荆条。水葫芦一字一顿地说,从今以后,柳菖蒲就是这里的馆主了!

不久,日本鬼子来到了白洋淀。我爷爷柳菖蒲带着武馆的弟兄们参加了抗日武装雁翎队。

义 士

○陈 勤

明朝末年，绍县地区活跃着一股盗匪，专捡月黑风高之夜，翻墙入室，盗取金银财宝。若遇事主阻拦，便刀剑相向，伤人性命。城东朱财主一家五口就死在这伙盗匪手中。周围民众皆受其害，怨愤之声四起，那些有钱的大户人家更是惶惶不可终日。无奈官府数次缉捕，皆因对方神出鬼没，无功而返。

不得已，官府一面加强夜晚巡逻，一面派人去省府请名捕头方达，求他出手，以解绍县民众危难。

方达快马加鞭来到县城，并不休息，立即找来一干知情人了解情况，得知这伙盗贼有七八人，每次作案皆青纱蒙面，唯为首之人左腿残疾，其手下唤之“柳哥”。

方达挎上宝剑，独自一人在城里城外转悠了几天。之后便吩咐捕快们将县城内平日里为非作歹、游手好闲的人悉数缉捕，连续几天几夜单独审问，最终查出其中七人正是大盗，签字画押，只等秋后问斩。

县城又恢复了往日的平静，县太爷亲自摆上酒席向方达表示谢意。捕快和兵士们忙碌了几个月，也终于睡上了一个好觉，再也不必夜夜巡城了。谁知这天深夜，城北李员外家黑影连闪。早上一家人起来一看，屋内一片狼藉，盗匪将值钱的东西洗劫一空。李员外连滚带爬来到县衙找方达,方达却不在房内。

此刻,方达正带着几十个捕快、兵士,围在城北黑山一个隐蔽的山洞前,指挥大家往洞口处添柴火,柴火堆满,方达一摆手:“点火!”立时浓烟四起,直往洞内扑去。片刻,里面便传出此起彼伏的咳嗽声、骂娘声。

待里面的人被熏得差不多了,方达方带人进去,人赃俱获,共抓捕了八个匪徒,独漏掉了匪首柳哥。原来作案后他便挑了一些珠宝独自走了。

方达巧计抓捕盗匪之事立时在城中传为神话,连县太爷都捻着胡须,追问方达何以如此神机妙算,知道他们得手后将藏身于该洞内。方达笑而不语,同时吩咐手下人,城内城外严密搜查可疑人等,特别是腿有残疾之人,务必将匪首捉拿归案。

这一日,方达正在房中思索如何抓捕柳哥,忽然手下送来一封信,方达打开一看,信内珠圆玉润几行小字:汝若想抓捕于我,明日午时观音庙见,汝只许一人前往!落款:柳哥。捕快们认定此为陷阱,劝方达多带人手,方达朗笑曰:“想我一堂堂捕头,岂会惧怕此等小小蟊贼?”

这是一座早已破败的古庙,庙门斑驳不堪,墙体摇摇欲坠,比十五年前更加萧索。方达长叹一声,轻轻推开庙门,发现观音佛像前的蒲团上跪着一个人,方达急忙抽出宝剑。那人缓缓站起,左腿明显短了一截,正是柳哥!柳哥转过身来,蓦然断喝道:“方达,你还认得我吗?”

方达一怔,细细端详之下,猛然丢开宝剑,拜伏于地:“恩公在上,请受方达一拜!”

原来,方达自幼父母双亡,独自流浪,为了生存,染上了偷盗的恶习。十五年前他才十四岁,流落至此。那一日,方达到一户人家盗得一些银两,并顺手拿了几幅字画,却在出门时被恶狗咬伤。方达一瘸一拐来到这庙中，又累又饿，晕倒在门口。恰逢柳林赴京赶考途经此庙，柳林拿出自带的干粮，救活了方达，又给他清洗、包扎伤口，并讲了诸多“大丈夫行走于世，当顶天立地”的道理。方达此前受尽白眼，此番蒙柳林相助，分外感动，发誓改掉恶习，重新做人。

第二天清晨，方达决心前往京城投奔远亲，为了报答柳林的救命之恩，特将字画留赠，并谎称系祖上所传之物。柳林欣然收下。此后方达洗心革面，认真做人，才有了目前这番光景。

十五年前的一段奇缘，方达时刻铭记于心，总想着有朝一日好好报答恩人，没想到今日相见却是这样一番情景。

“恩公，你，你怎会落到这般田地?”方达问道。

“这都是拜你所赐!”柳林怒声喝道。

“这又为何?”方达不解。

“你当年偷人钱财，却将画留给了我。你刚离开，失主就找到庙里，见我手中有画，强诬我为盗贼，将我的左腿打断! 我再无法去京城赶考，亦无颜回乡，只得四处漂泊，乞讨度日!”话至此，柳林已泪流满面。“后来，我结识了一些为非作歹之徒，每每为他们出谋划策，被尊为老大，他们心狠手辣，我亦受牵连，背上血案，不过朱财主一家五口确是我执刀杀害!”

“你为何要下此毒手呢?”话才出口，方达已猜出了答案，后背不禁阵阵发冷。

“只因他就是当年打断我左腿之人，亦是你偷盗的主家!”柳林冷笑道，“我自知已难逃脱你布下的天罗地网，只是不知你将对我如何处置?!”

方达静立良久，慨然道：“你身负血案，为害一方，我定将你处决! 你救我命，且你祸事皆因我而起，故我必以死谢罪!”话毕，方达手起剑落，砍下柳林人头。再将宝剑置于颈，右手一用力，喀嚓，血溅当场!

方达死后，绍县民众感其恩义，集资为其建庙塑身，尊为义士。庙内整日烟雾缭绕，香火旺盛。

手　谈

○刘　军

复城人都尊敬教书的梁先生。梁先生是独身，很瘦，说话很文，学问很深，为人也热心，谁家操办红白喜事，编婚联写祭文，有求必应。

日本人复城屯兵后，梁先生便不教书。

久后的一日，梁文启带着两个日本人登门。梁文启是宪补，进出日军宪兵队司令部如履平川，与胞兄梁先生却形同路人。

两个日本人一高一矮，高的年长，矮的年轻。

梁先生既不起身迎客，也没有拒客之意。他冲来人点点头，端坐那里，认真地把棋子摆得刷拉拉脆响。

年长的日本人自选座位坐下后，自语般咕噜了几句。梁文启便说，大哥，对你的不合作，川琦太君大大地不满意。其实，梁文启心知不必翻译，胞兄的日语底子并不比他差，翻译出来是表示强调。梁先生淡淡扫了一眼梁文启，仍用心摆弄棋子，说，你转告大太君，我难以胜任，何况身体欠佳。

梁文启大为不悦，正要如实回禀，却见年长的日本人身体前倾，双目发直，惊异无比地瞪着梁先生手中的棋子，连称“腰西”后，问，你的，我的，手谈的干活？

梁先生不料对方竟有些汉语根底，又对下围棋产生兴趣，便说，手谈？可以。这我倒可以奉陪。拿出棋盘，将盛着黑棋子的方盒推到对方面前。你先手吧。日本人口称你的先你的先，却唇浮笑意将一枚黑棋子啪地点在左下方星小目上。梁先生也在另一星小目上应了一手，俩人你一手我一手落子如飞。两个不同国籍的看客没看出啥兴致，又不敢挪步，只将目光闲撒。

下到一百三十几手，当梁先生犹豫片刻将一枚白棋子点在棋盘外自己一侧时，一直神情紧张的日本人变得异常轻松起来，面呈笑意看着梁先生。梁先生面色无改，说，这棋你赢了。

日本人很高兴，站起，将几枚棋子捏在手里翻来覆去抚摩了好一会儿，说，明天，手谈的干活？

梁先生说，好，手谈的干活，反正闲着也是闲着。

转天，年长的日本人只身如约而至。手谈三盘，梁先生二胜一负，正好找回昨天那盘。日本人神情板滞。临走，说，明天。梁先生应，明天。行前，日本人又爱不释手地把玩了一会儿棋子。

由此，一连五天，连弈十二盘，胜负平分。

最后一次，是个阴雨天。日本人严肃得与之前判若两人，落座后，打着手势说，你的，我的，最后的手谈。

梁先生不解，不知这“最后的手谈”含义何在，又不愿深究，就点头说可以。心想，这日本人棋风还正，棋力也行，在日本拿个三段四段怕是不成问题的。

尚未落子，日本人又指点着手中的棋子说，我的赢你，棋子归我。语气是肯定式，而眼神却是询问式。

梁先生有种受了侮辱的感觉。这棋是祖上留下的爱物，到他这儿已传了三代。这不啻是梁家的传家之宝。看上眼的便要据为己有，这与强盗何异？转念一想，邻国的土地都可强取，区区棋子又算得了什么？他毕竟没有明夺，也算颇有涵养了吧？梁先生扫了一眼仍在固执地等待回答的眼神，想了想，说，可以。不过我赢了你，什么归我呢？

大约这是不在日本人大脑储存仓库之内的问题，日本人略一怔，僵住了。梁先生打量了一番对方，眉头紧蹙片刻，以平静的口吻压抑着狂跳的心脏，说了一个令双方都胆寒不已的词儿：军刀！！

梁先生清楚地看出，日本人身姿挺直，两眼大瞪，伸手握住刀把刷地抽出刀来。一瞬间，梁先生有点后悔。这何必呢？就算赢了他棋还指望赢他军刀？但很快平静如常。梁先生自知羸弱不堪，手无缚鸡之力，但绝不缺钙质。以传家之宝抵日本武士之魂，也算基本持平。日本人倘要野蛮，他将以手迎刃。

日本人在细细验过军刀之后，重又把刀插进刀鞘，回了句：好的。

仍由日本人先手。

接下来是场杀得昏天黑地长达五个小时之久的恶战。

梁先生早已腹中空空，屡屡觉颇重似锤，魂已飞逝，只躯壳在苦苦支撑。几着不慎，累及全局，优势在对方，这是显而易见的。

幻觉中，日本人正得意地将棋子一枚枚捡进方盒，捧起，走出屋门。梁先生痛彻肺腑地喝一声：留下棋子！一惊，却看到日本人脸色灰暗眼睛发红，正坐在对面专心盯着盘面。

梁先生狠掐大腿。不及终盘，何以言输？也许围棋的奥妙就在于此。

梁先生重整旗鼓，细细察看盘面错综复杂的局势。弈至一百五十四手，当梁先生将一枚洁净如玉的白棋子轻轻摁下时，日本人中盘一条大龙顿成僵虫。

梁先生始觉魂兮归来，呼口长气，体虚力乏地斜倚在靠背上。

日本人两眼标本似的一动不动，保持前倾的固定姿势良久良久。

两人都不出声。

梁先生屏住呼吸，竟听不见对方的喘息声。

屋子暗了。人笼在黑暗里,没一丝活气。

梁先生轻手蹑脚点上油灯。忽闪忽闪的灯光将日本人摇活。

日本人飘飘忽忽站起,没打招呼,鬼魂般荡至屋外。落着小雨的黑夜把他瘦长的身影愈罩愈小,直至完全淹没。

梁先生把门关好,细心收拾好棋子,藏于墙洞。

总算不辱祖先。于沉重中,梁先生觉出些许慰藉。

三天后,一件奇事闹得满城风雨。不少人为此受到牵连。

一名叫川琦的日本军官不知缘何死于寓所。

夜深,梁先生取出棋子,一枚枚细细观看,觉得里面似有许多奥秘难以一喻。他神色黯然地独坐了好久好久。

行者棒

○楸　立

一

我是位江湖中的行者，江洋大盗，绿林草莽，朝廷缉拿的要犯。有时候我都搞不懂我的身份。

杭州知府木成舟发帖子给我，请我到他那里做客。像我这在江湖中赫赫有名的蛮贼，知府怎么会想到我呢？显然，我身上有他需要的东西。

江浙一带的风景秀美宜人，青山绿水秀美宜人，真好，在这里结一庐舍，依山傍水而居，胜过神仙。

“此山是我开，此树是我栽，要打此路过，留下买路财。”林中蹿出一魁梧大汉，一脸虬髯，手中一对八棱梅花亮银锤。我想，一名强贼碰到另一名强贼真是有趣的事情。

对面那汉子见我非常镇定，迟疑了会儿，问我，你是不是有藏宝图？

我说是，我有藏宝图，但我如今是去木知府那里拿钱的。知府老爷是这块地皮上最大的富户，不说富甲天下，也可以说富甲江浙。你如果想发财，就跟我去。这个比弄到藏宝图更直接。

汉子想了想。我怎么能相信你？

我双手把哨棒掂量了一下,给你吧。

汉子放下大锤,接过我手中的哨棒,行者棒?

我点了点头。

他说,难道不怕我砸死你,再把藏宝图抢走?

我说,我把防身兵器都给你了,就不怕你怎么做了。

大汉很沮丧,转过身子就走。

我却觉得这个人很有意思。我说你叫什么?交个朋友。

神力王。神力王的嗓音嗡嗡的,震得我心口发热。

二

木成舟端茶的时候,宽大的袍袖遮住了青紫色的阔脸。他咽了口清茶,清了清嗓子。

听说清溪的方腊造反了。

朝廷已经去剿了。

能剿灭吗?

不清楚,知府大人应该比我清楚。

木成舟干笑了几声,方腊的藏宝图是否在你手上?

都是传闻,木老爷也信?

谁得到藏宝图就得到了整个江山,我不得不信。

财是惹祸根苗,木老爷二品朝臣何必引火烧身?我的话有些凛冽。

木成舟脸露愠色,啪的一声,把手中的杯子摔了个粉碎。

来人。

兵丁搜遍了我的全身,一无所获。

有一个办法能让你交出藏宝图。

哦?我倒想听听木成舟老爷的办法。

木成舟双手拍了拍太师椅,捋了捋山羊胡,奸笑了几声。

你弟弟的性命。

三

我祖籍河北平城，兄弟两人。我弟弟参加了岳家军，我唯一的亲人就是这个弟弟。可以说，我可以不在乎我，但我必须在乎我的亲人。

你弟弟在我手里。你不去，你的弟弟就得死。

威胁。

我强压怒火。好，藏宝图在哨棒中，我带你去取。

四

悬崖危耸，夜风呼啸。

木成舟望着我，少侠，我等你的好消息。

他正想转身，我喊住他，木老爷。木成舟表情很意外，以为我反悔了。我说木老爷，我不是少侠，记住我是大盗，江洋大盗。

木成舟呵呵几声，对，大盗，大盗。

我望了一眼夜空烁烁闪光的北斗七星，紧了紧身上绳索，一声长啸，纵身跃下崖顶。

我眼前一片漆黑，耳边回荡着木成舟最歹毒的言语。

把绳子砍断。

五

木成舟清晨喝完银耳粥后，对侍从说，找到哨棒了吗？

没有。

死尸呢？

他的身子还欠在床榻上。

我说，木老爷，不用找了，我到了。

木成舟脸上一阵阵地抽搐。

你不是盗贼？

我不是。我是借你的邀请，来查你勾结方腊反军的证据。

木成舟轻轻点了点头，突然，他的身形快如鬼魅，双袖一抖，两只喂毒的袖箭发出两道蓝光，直奔我的心房。我大喝一声单手反抄，如探囊取物，袖箭反手回射，正中老贼咽喉。

我的武器是行者棒，但我的绝招是飞花摘叶。

我走过去，用手合上木成舟苦睁的双眼。木老爷，有谁穿着长袍喝茶呢？只有你木成舟，所以你暗藏的袖箭瞒不过我。

神力王带着人大步流星地从外面走进来。他已经将木成舟的银库砸开，从死牢里救出我兄弟。

你应该告诉他，你在江湖中是臭名昭著的盗贼，暗地里你是岳家军的先行特使。

神力王大手扶着我的肩膀，你是不是该告诉人们藏宝图在哪里了？

我从他手中拿过哨棒，拧开棒头的活塞，从里面取出一块羊皮，递到神力王手中。众人围拢过来，争相观看，片刻哄然大笑。

神力王满脸通红，原来你还是骗子，诳我助你脱险。

我走到他跟前，拍了拍他的肩膀。

嗯，这个江湖比宝藏更重要的还有另一样东西。

那是什么？

我笑了笑，没有回答。

寒阳驿

○李　浩

遂州北进四十里，有驿馆谓之寒阳，位于千里古蜀道上。往来京师与川内者，不论达官显贵，还是贩夫走卒，多会于此。三教九流，龙蛇混杂，乃川中一繁华之地也。

谁想康乾盛世，竟出了杀人越货之徒，时有秦贾广客，神秘失踪于此。其家人皆言，失踪前多宿于寒阳驿，官府百般侦缉，久不能获，一时人心惶惶。

遂州有卖花者，经年往返梓、遂二州，常宿于此，却未见其损伤毫发。其大言不惭："吾天生命硬，歹徒岂奈我何？"

惊蛰将近，有遂州盐商二人，携巨资自梓州返，途遇卖花者，谈及寒阳驿之怪事，卖花者坦言："此多为凡夫俗子杜撰，吾长年宿此，皆无事。"二盐商喜，邀其同往，共宿于驿馆西厢房内。

卖花者挑两只大木箱，甚沉，内不知何物。入得室内，二盐商靠里铺就寝，卖花者临门而眠。

收拾停当，三人往后厅就餐，内已有一卖砂壶者同一占卜盲叟同饮，相询得知二人于东厢房住宿。盐商谓众人同馆共宿，实乃前世有缘，嘱酒家多备了菜肴，一同用膳。

是夜，月明星朗。

至三更天，盲叟内急，悄然如厕，返回东厢房正要入睡，猛然听得西厢房内有利斧劈物之声，继而有人呻吟，随即又悄然无声，寂静如常。

盲叟凝神谛听良久，又闻西厢房内有声，心中甚是惊疑，悄声呼卖壶者，言己所疑。卖壶者睡眼蒙眬，闻听老叟所言，甚是惊讶，亦附壁聆听，隔壁唯鼾声耳。盲叟坚信自己所闻，对其曰："吾故意摔碎君之砂壶，君即起床与吾大声争吵，高声喧哗，以观其变如何？"

卖壶者点头称是。

盲叟将一壶掼于地，砰然有声，卖壶者大声责之。

西厢房三人闻此喧哗，果拥被而出。夜黑不辨面容，唯三人而已。

盲叟与卖壶者争之激烈。叟曰："吾所携之钱尽失矣。"

三人皆指责贩砂壶之人，要其速还与盲叟。

卖壶者佯装不服，扭住老叟欲殴。

一馆旅客皆醒，骂者有之，劝者亦有之。众人燃烛照明，声言搜查贩壶者。然查无所获。

盲叟大哭："吾无目且一贫如洗，卖卜积得四两银，实属不易。今夜遭窃，除卖壶者外，临近之西厢客亦甚为可疑，望众客官协而查之。"

西厢三人齐声叱之："吾辈好言相劝你二人，不知为何反诬我等？"

盲叟曰："凡宿此驿馆者，皆有嫌疑。不悉数搜寻，吾必以死相搏，誓不出此门中！"驿馆主人此时亦往，甚怜老叟，又恐馆内节外生枝闹出人命，遂婉言相劝西厢三人，启箱以释盲叟。

三人自不同意，申言其失窃与己无关。言辞间，神色甚是仓皇，众旅者益发怀疑，谓盲叟之钱必为三人所盗。

馆主见三人不肯，尽集驿馆数十人，强启其箱。内有油纸包裹，血渍皎然。馆主亲解包裹，裹内二盐商已毙解矣。

卖花者大惊失色，瘫痪于地。

原来，卖花者即失踪诸人之罪魁也，其常以卖花为名，往返梓、遂二州间，遇有“肥羊”者，必想方设法与之同宿。两只大木箱，每箱预藏同谋各一，待同宿“肥羊”熟睡，唤同谋出而砍杀之，再分解置于箱中，待晓早早启程，人数相同，驿馆伙计必不疑也。

十年间，贼以此法，杀戮数十人矣！不想因占卜盲叟，败露遭捕。

占卜盲叟者，遂州名捕陈豫川是也。

索　当

○聂鑫森

德义当铺的掌柜钱钦其,在热气腾腾的池子里泡好了澡,披着浴衣,消消停停回到雅间的卧榻上时,突然发现旁边的卧榻上已经躺好了又干又瘦的老人乌六爷,乌六爷正眯缝着一双小眼打量着他。

雅间里燃着一盆炭火,把料峭的春寒逼到屋外去了,空气变得热辣辣的。钱钦其兀地有了一种屈辱感:这乌六爷不过是一家杂货铺的伙计,他怎么够格上这种高档的澡堂子来?何况,平日弓腰驼背,走起路来摇摇晃晃,一副病病歪歪的样子。钱钦其鼻子“哼”了一声,正欲别过脸去,乌六爷说话了:“钱掌柜,幸会,幸会。”

钱钦其只好打起精神,应付道:“乌六爷,原来是你啊,难得难得!这一块大洋一次的澡,你真舍得。”

“我哪里舍得这个钱,有人请我洗洗而已。”

说毕,乌六爷坐起身子,上身也没披个衣衫,两边的肋骨隔着一层皮鼓凸出来,一副穷相!钱钦其也坐了起来,他觉得调侃这个乌六爷,也是一种乐趣。反正夜来无事,外面又下起了大雨。

堂倌进来了,问有什么要吩咐的。

乌六爷说:“来一壶龙井茶,我做东请钱掌柜品茶聊天。”

居然又让乌六爷抢了风头,难道我钱钦其少了这几个钱?

乌六爷说:“之所以我做东,是因为你是湘潭城里的大人物,我们难得有照拂你的机会。”

钱钦其呵呵地笑了。他觉得这个干瘦的乌六爷很知趣,讲起话来让人舒服。

一壶龙井茶,两只细瓷茶盅,由堂倌送进来,并殷勤地斟上了茶。

乌六爷问:“多少钱?”

“二十个铜子。”

乌六爷遂从放在旁边的衣褂里,掏出一把铜子放在卧榻上,然后,用两只手指夹起两个铜子,轻轻一扭,铜钱便成半圆筒状。

“两个,四个,六个……”

二十个铜子,成了十个半圆筒。

钱钦其一惊:这指力可了不得。

堂倌说:“这……六爷,柜上不好收这样的钱啊。”

乌六爷一笑,拿起铜钱放在掌心,轻轻一压,便恢复原态。

堂倌说:“谢六爷啦。”拿起钱便走了。

钱钦其呆望着乌六爷的手指肚,状如算珠。这功夫不是一年两年练得出来的。

“钱掌柜,来,喝茶。”

“好,喝茶。”

“钱掌柜,有一事请教——你的当铺怎么一连几天都关着门?”

“正在盘点哩,过两天就开门了。”

“你钱掌柜当家已经二十多年了,好像从没有关门盘点的事啊。假若这几天有到期的当票要赎当,过了这几天,不是成‘死当’了吗?成了‘死当’,就赎不出了。好主意,钱掌柜生财有道!”

钱钦其脸红了,说:“没有的事,没有的事。”

乌六爷说:“我听我的掌柜说,三个月前他到贵铺当了一只祖传的盘龙镂空玉雕。这东西我见过，是汉代的东西，价值上万光洋，当的时候你只给了一千元。当期为三个月，这两天就要到期了，可你的当铺却关门盘点，这不是活活地要夺人宝物吗？他一个读书人，也是百般无奈，才开了这家小杂货店，本小利微，糊口而已。”说毕，乌六爷随手抓起一个铜钱，甩过去，把一只飞蛾钉在对面的墙上，铜钱嵌入墙中有半寸来深。“这飞蛾真是讨厌。”

钱钦其脸都白了。

又喝了一阵茶，钱钦其说：“六爷，赏个脸，我请你到街端头的王家酒楼喝酒，如何？”

“愿意奉陪。”

“我有洋车在门外等。你穿着布鞋，路上到处是水，如何去？”

“你先去，我随后就来。”

当钱钦其坐洋车到达王家酒楼时，乌六爷早已端坐在八仙桌边了，脚上的布鞋，无半点泥痕水迹。

钱钦其想：他是怎么来的？

钱钦其喊道：“上上等好酒菜来！”又讨好地说，“六爷，当铺明日一早开门。”

洗　礼

〇聂鑫森

这是1966年深秋的一个夜晚，古城湘潭平政街“洗尘池”澡堂壁上的挂钟，洪亮地敲了九下。

按规定，澡堂营业到晚上八点就下班了，顾客早已走尽。工作人员也陆续回家了，只剩下浴池班班长于长生和小徒弟张庆在打扫卫生。几个大池子里的水都已放干，池底、池沿也都擦拭干净。原本浴池的顶端有几个雅间，现在紧紧地关着，里面放着木浴盆、小床、茶几，浴盆上安着冷、热水龙头。舍得花钱的顾客可以自己调节水温，可以洗过澡后舒服地躺到小床上，可以请人推拿按摩，可以喝一壶泡好的茶。但这个项目在几天前已经取消了，上级说，只有剥削阶级才有这些臭讲究！

于长生望着那些雅间，惆怅地叹了口气。

“张庆，关门吧，我们爷俩也该歇口气，喝口茶了，今晚轮到我们值班哩。”

张庆说：“好咧——师傅。”

两个人刚走进店堂，忽见从外面急匆匆走进一个人来。四十岁出头，脸色黄瘦，额头上还有血迹，目光散乱，步履踉踉跄跄，身上的衣服很破旧，特别是膝盖那个地方磨损得很厉害。

张庆吆喝一声："喂，下班了，明日再来！"

那人惊悚地收住脚步，小声说："我……好多日子没洗澡了，今夜好容易才抽出身来，是否可以……"

于长生几步走上前，把来人上下打量一番，然后说："您啊，请！"

张庆觉得很意外，不是下班了吗？

于长生对着张庆一扬手，吼道："关门！"

张庆忙答应："是。师傅。"

"开雅间，把锅炉烧起来，让客人好好洗个澡！"

来人说："师傅，我……没带这么多钱。"

于长生说："放心，还是五角！请您先去雅间稍等一会儿，我去沏壶茶来。"

张庆关好门，又去打开一个雅间，再一溜烟去了锅炉房，不久便听见鼓风机呼呼吼叫的声音。

又过了一阵，于长生端着一壶热茶和一个有盖的茶杯走进了雅间，并顺手带关了门。

来人慌忙站起来，说："师傅，叫我如何感谢您！"

"坐！快坐！我认识您，您是成龙中学的校长齐子耘先生，我的二儿子就在贵校读高中。我曾经在家长大会上见过您。我叫于长生，活到五十岁倒真的糊涂了，有文化的人忽然都有罪了，怪事！"

齐子耘没有答话，眼睛里闪出了泪光。

"我二儿子昨天回家时，说是参加了什么批斗会，被我用木棍子狠揍了一顿，打得他鬼哭狼嚎，保证再不去胡来了。"

齐子耘小声说："也不能怪他们，他们太年轻……"

聊了一阵，张庆在雅间外高喊一声："火旺——水热咧——"

于长生忙站起来，走到浴盆前，先打开热水龙头放水，白色的雾气立刻升腾起来；而后，又稍稍打开冷水龙头。浴盆的水渐渐满了，他不停地用手去试水的温度。这时节洗澡,水要热,但不要烫。

于长生关了水龙头,说:“齐先生,您先泡澡。半小时后,我来给您推拿按摩。”

“不,不。我不配,也别连累了您。”

“我不过是个工人,还能把我怎么样?”

于长生走出雅间,顺手把门带拢了。

“张庆,过半小时,给我到隔壁的饮食店去买一碗馄饨来!”

张庆吃惊地望了望师傅,然后说道:“好咧。”

于长生到池子边搬了条板凳来,静悄悄地坐在雅间的门边。

约莫半个小时,于长生听声音就知道齐子耘洗好了,便立即推门走了进去。灯光下,他看见穿上短裤的齐子耘的身上、手臂上,点缀着一些红红紫紫的伤痕,便慌忙走上前,说:“您请伏在床上。这个项目早就取消了,但我要为您显一显手段。”

齐子耘伏趴在床上,于长生弯腰立在旁边,双手握成空心拳,开始在他的脊背上,小心地绕开伤痕,紧敲轻捶。

“痛吗,齐先生?”

“不……痛。”

拳头忽然停住了。于长生说:“齐先生,有句话不知当问不当问?”

“您问吧。”

“如果我猜得不错,您是从学校逃出来的?”

“是。”

“您受了许多罪,从您的目光里我看出您很绝望。”

“对。您说这日子怎么熬过去,罚跪、批斗、挨打、游街,没完没了的。”

“那么,我告诉您一句话,这个世界不可能总是这样,而且什么人都可以没有，独不能没有老师！您要咬紧牙挺住，为了许许多多的孩子，好好地活下去。‘天地君亲师’，这个道理是铁定的。假如连老师都不要了，这个世界也就完了！让我冒昧地叫您一声兄弟，您说是不是？”

齐子耘的肩膀猛烈地抽搐起来，终于压抑不住，伤心地伏在枕上恸哭起来。

“齐先生，像我，还有和我一样的人，把孩子交给老师，心里感激得很啦。”

齐子耘挣扎着爬起来，揩干泪，说：“于师傅，我原本想好好洗个澡，就……现在，我要骂自己是个胆小鬼，是个不负责任的人！这个澡，把我洗明白了。”

于长生抓过一块大浴巾，给齐子耘披上，然后，对着他毕恭毕敬地鞠了一个躬。

门外，张庆一声高喊：“小肉馄饨——趁热吃哩——”

…………

第二天上午，“洗尘池”门外的大街上，传来一阵一阵的锣声和惊天动地的口号声。

于长生和张庆从澡堂里跑了出来。

张庆说：“师傅，走在前面的是昨夜来洗澡的那个人。”

于长生说：“那是齐先生，齐子耘校长！”

他看见齐子耘挂着黑牌子，敲着一面锣，从容地走着，脸色很是平静。他的目光又扫视那些戴红袖章的红卫兵，里面没有他的二儿子！

于长生忽然响亮地喊道：“‘洗尘池’有客人哟，里面请——”